新《しん》こちらパーティー編《へん》集《しゅう》部《ぶ》っ！
ひよっこ
編《へん》集《しゅう》長《ちょう》
ふたたび！
作／深海《ふかみ》ゆずは
絵／榎木《えのき》りか
KADOKAWA

# もくじ

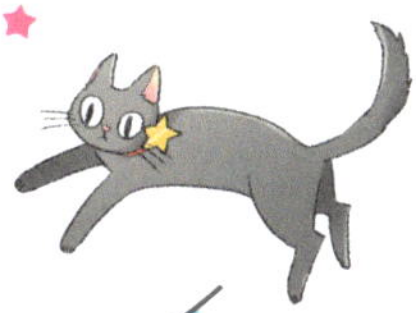

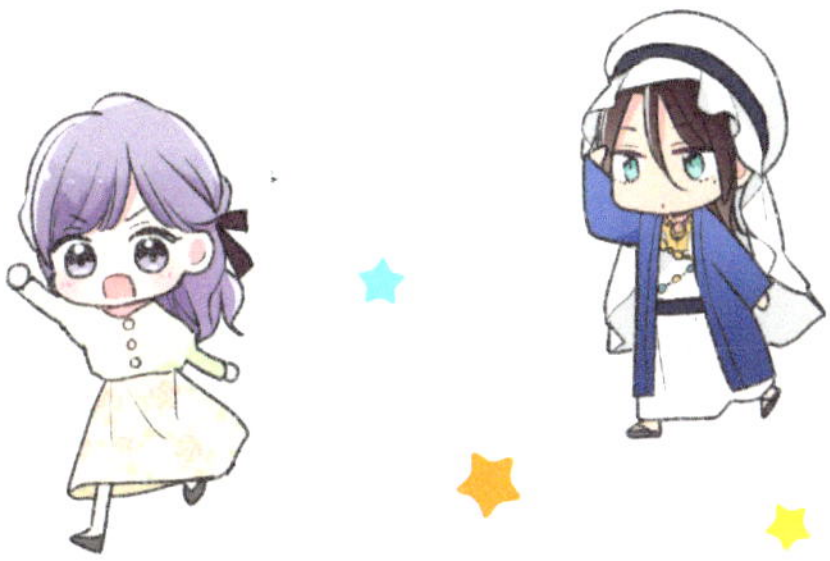

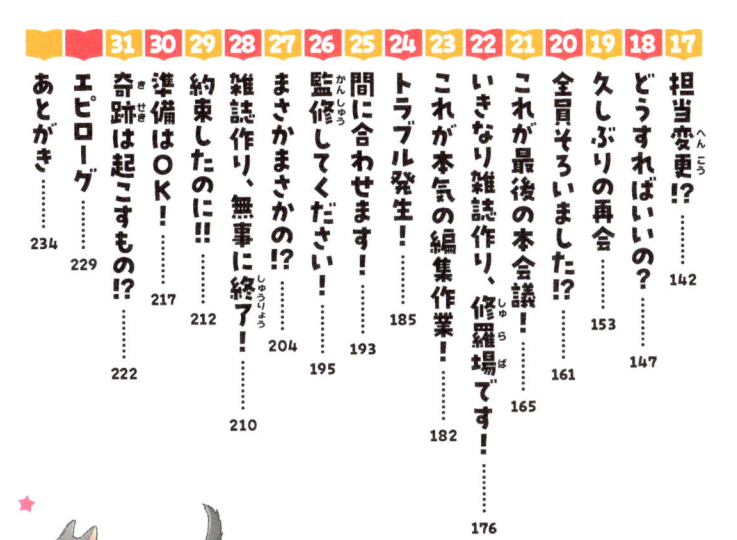

# 登《とう》場《じょう》人《じん》物《ぶつ》紹《しょう》介《かい》

**白《しら》石《いし》ゆの** 編集長

元気が取り柄の主人公。
中学の部活で、伝説雑誌
『パーティー』を
復活させた。

**クロミツ**

**黒《くろ》崎《さき》旺《おう》司《じ》** 進行管理

ゆのの幼馴染。
小さいころから
ゆのが好き。
あだ名は「王子」。

**青《あお》木《き》トウマ** マンガ家

女の子大好きな
超お金持ち。
ゆのが担当して
いるマンガ家。

**赤《あか》松《まつ》円《えん》馬《ま》** 広報

誰もが驚く情報通。
赤いスマホには色んな
人のヒミツや弱みが……!?

**銀《ぎん》野《の》しおり** 副編集長

ゆのの親友。ホラーや
オカルトが大好き。

西《さい》園《おん》寺《じ》忍《しのぶ》

昔ゆのたちと敵対した元生徒会長。今も腹の底は見えない!?

灰《はい》塚《づか》一《いち》郎《ろう》

几帳面な性格。誤字脱字を見つけるのがうまい。

紫《し》村《むら》カレン

女子力全開な乙女。なんだかんだ面倒見がいい。カケルの彼女。

アシュラム

異国からゆのを見守るリアル王子様。じつは女の子！

西《さい》園《おん》寺《じ》カケル

カレンの彼氏。しのぶの兄。宝井編集長の右腕として働いている。

宝《たから》井《い》編《へん》集《しゅう》長《ちょう》

伝説雑誌『パーティー』の初代編集長。
いまは角丸書店でお仕事しているらしい……？

装画・挿絵／榎木りか
ブックデザイン／おおの蛍（ムシカゴグラフィクス）

# プロローグ

お久しぶりです！　白石《しらいし》ゆのです。みんなーっ、元気にしてる？

あたしの方は、色々なことがありまして……。

ななななんと、高校を卒業したあたしは、御年《おんとし》19歳でゴザイマス！（ひょえー！）

時間の経過って、本当に速いよね！

ん？　今も雑誌の『パーティー』作ってるかって？

じ……実はあたし、あることがあって、ずっと夢だった編集者をあきらめたんだ。

そんなあたしが、今度は角丸書店《かどまるしょてん》で編集長として本物の『パーティー』を作ることになるなんて。

人生って、本当にわからない！

晴れてお付き合いすることになった王子《おうじ》とも色々あって、あんなだし……。

これは、中学生編集者だったあたしの、編集者人生第２章。

コホンッ。それじゃあ、いっちょ、いってみよー！

# 1 伝説の編集者、あらわる!?

「なあ。あのうわさ、聞いた？　ほら、例の雑誌の話」

「聞いた！　あの伝説の雑誌『パーティー』がうちで復刊するらしいって話だろ」

ここは出版社・角丸書店で雑誌を扱《あつか》っている第三編集局。

となりの席の編集者にたずねられた男性は、興奮したように声をはずませる。

「『パーティー』って、かつて角丸書店で大ヒットした伝説の雑誌でしょ？　しかも突然《とつぜん》の廃刊《はいかん》のあと、中学生たちが復活したから、業界でも有名になったんだよね」

そう言ってから女性は声のトーンを落としながら、言葉を続ける。

「なんて言ったって、うちで『パーティー』を立ち上げた上層部からじきじきのお声がけだったんでしょ？」

「そう！　その伝説の編集者が今日うちに来るらしいよ」

「マジで!?」

**「……まさかその子たちが雑誌を復刊させるってこと？」**

カッカッカッという、軽快なヒールの音が止まった。

「失礼します。第三編集局はこちらでよろしいでしょうか？」

「君はもしかして……あの『パーティー』を作った」

指をさされると、とびきりの笑顔《えがお》で「ええ」とうなずく。

「紫村《しむら》カレンです。どうぞよろしく」

紫村カレンは、学生時代は『パーティー』編集部にとってはライバルでもある、新聞部の部員だった。

「なっ、めちゃくちゃカワイイんだけど！」

「当然です」

「へ？」

「コホン。なんでもないです。そんなぁ、とんでもないです」

カレンはねこなで声を出して、まわりをけむにまく。

「ああ。紫村さん、よく来てくれたわね」

そう声をかけてきたのは小春《こはる》さん。

『パーティー』を作っていた時にお世話になった角丸書店の雑誌『ニコルル』の編集さんだ。

「くわしい話をしたいから会議室まで来てもらえるかしら？」

「もちろんです。それではみなさん、失礼します」

ジャスミンの香《かお》りを残し、紫村カレンは編集部をあとにするのだった。

「久しぶり。あなたのウワサは聞いているよ」

「ウワサなんてとんでもない。ＳＮＳで美容系の発信をしていたらぐうぜんバズっただけです」

「確信犯的にやったんでしょ」

「ふふふ。バレちゃいましたか」

ペロッと舌を出した。

「小春さんは今も『ニコルル』を作っていらっしゃるんですか？」

「今は編集からは離《はな》れて、営業部にいるの」

「そうなんですか⁉」

「編集者じゃないけど、雑誌に関《かか》わる仕事っていうのは変わらないからよろしくね」

「はいっ」

「さっそく本題に入るけど……、メールでも伝えた通り、『パーティー』の復刊をあなたたちに任せたいと思ってるの。この企画《きかく》は、角丸書店としても大事な企画。絶対に失敗は許されない」

カレンは真顔でうなずいた。

「でも、そんな大事な雑誌を、学生のあたしたちが作っていいんでしょうか？」

カレンがそうたずねると、小春さんはスマイルを浮《う》かべる。

「あなたたちに作らせてみたらどうだって意見が出てね。思いきってお願いしてみようって流れになったの。それよりもゆのちゃんは元気？」

ゆのの名前を出され、カレンは無意識に眉《まゆ》をひそめる。

**「この企画はね。学生時代に『パーティー』を復活させた、白石《しらいし》ゆのが編集長じゃなければいけないの。本当に問題ない？」**

「――大丈夫《だいじょうぶ》です」

「本当に？　ゆのちゃん、もう編集者はやめたって言ってたけど」

「まあ。あれだけのことをやらかしましたから」

そう言ってから、カレンは「でも」と言葉を続ける。

「やめません。あたしは、ゆのが1回の挫折《ざせつ》で簡単に編集者をあきらめないって信じてます」

「ゆのちゃんは良い友達を持ったわね。それじゃあ、社内でも共有させてもらうわね」

「はい。お願いします」

カレンはそう言うと、深々と頭を下げたのだった。

# 2 お久しぶりです！

ピンポーンピンポーン‼　ガンガンガン！

チッ。やはり簡単には出てこないか。

あたし、紫村《しむら》カレンは美少女にはあるまじき顔でチッと舌打ちをした。

「ゆーのー！　そこにいるのはわかってるのよ！　観念して出てきなさい！」

ガンガンガンと玄関《げんかん》のドアをたたいても、部屋にはいるはずなのに沈黙《ちんもく》のままだった。

え？　なんで部屋にいるかわかってるかって？

だってあたしに気づいて、自分の部屋の窓を急いでしめるゆのが見えましたから！

こーゆー時は、息を殺しておとなしくしておけばいいのに……。

相変わらずツメが甘いのがゆのらしいっちゃ、ゆのらしい。

あたしはカバンの中からノートを取り出しメガホンを作ると、玄関の扉《とびら》に向かって大声で叫《さけ》んだ。

「ゆの！　アンタがいるのはわかってるんだからね！　今日という今日は、絶っっ対に逃《に》がさないわよ！　10秒あげるから自分から出てきなさいよ！」

10、9、8、7、6、5、4、3、2、1――。

シーン。

10秒経《た》っても玄関のドアは沈黙したまま。

あたしはハーッと大きなため息をついた。

「この強情《ごうじょ》っぱり。アンタの気持ちはよ――――くわかったわ。それじゃあ仕方ない。玄関前で花火大会といきますか」

シュッ。バチバチバチ――。

手持ち花火に火をつけた瞬間《しゅんかん》、

「いやあああああっ！」

大きな音を立てて玄関の扉が開いたかと思うと、勢いよく花火を奪《うば》い取られる。

「あ。ハルちゃん。お久しぶりです」

「お久しぶり。まー！　また可愛《かわい》くなっちゃって……って、世間話してる場合じゃないわよおおっ！

本気で火をつけるって！　怖《こわ》い子！」

泣きそうな顔で玄関から飛び出してきたのは、遠野《とおの》ハルさん。

ホラーマンガ家をしているゆののお母さんの担当編集さんで、ゆのにとっては家族みたいな人だ。

「ハルさん、ゆのはいますよね？」

「ううっ。いるけど……なんかいっちょ前に誰《だれ》にも会いたくないって言ってて。また日を改めて来てもらうことって……何してるのっ⁉」

「家の中にロケット花火飛ばしたらどうなるかなーって♡」

「ひいいいいっ！　冗談《じょうだん》でもやめてええええっ」

「やーだ。冗談に聞こえますぅ？——あたし、本気ですけど？」

ハルちゃんの顔の方に爆竹《ばくちく》を差し出すと、あたしはニッコリと笑った。

「さあ！　さあどうぞあがって！」

「良かった。失礼しまーす。もちろん、そんなことしませんよ♪　冗談です」

100％よそいきのスマイルを浮《う》かべ、あたしはゆのの部屋へと向かったのだった。

「ゆの。入るわよ——って、開けなさいよ」

ひっ！　カレンさんがもうここまでやってきた！

あたし、白石《しらいし》ゆのは超《ちょう》ピンチ！

山荘《さんそう》で殺人鬼《さつじんき》に追われるモブキャラのように、心臓をバクバクさせながら自分の部屋のドアノブを摑《つか》んだ。

「お……お姉ちゃんは今、お出かけ中でちゅ」

「はあっ!?　お姉ちゃんって……アンタ一人っ子でしょうが！」

「——うっ」

「いい加減観念しなさい。入るわよ」

ギャー！　ハルちゃんからいい加減、部屋にカギをかけろと言われてるのに、めんどくさくて今日もカギをかけてなかったあああっ！

「待って。今は本当に――ぬあああああ」

ガチャ。　ドドドドッド！

無理やりドアが開けられた瞬間、よろけた拍子《ひょうし》に空のペットボトルにつまずく。

しかも運が悪いことに、手をついた瞬間に大量の本が雪崩《なだれ》をおこし、カレンさんに降り注いだ。

「うああああっ。あたしの可愛い初版本たちが！」

「アンタ、友達を殺す気‼　しかも友達より本の心配ってどういうこと！」

「カレンさんは頑丈《がんじょう》だから、地球が滅亡《めつぼう》したって生き残りそうっ――ぐはっ」

「元気そうじゃない。なんか言った？」

「言ってない！　言ってないです」

笑顔《えがお》で襟元《えりもと》をギュウギュウとしめあげられ、あたしは両手をあげブルブルと首を横に振《ふ》る。

「くっさ！　この部屋、お菓子《かし》くさ！　今までで一番部屋が散らかってない⁉」

「散らかってないよ！　むしろ今、片付けの真っ最中なだけだから！　キレイになる直前！」

「片づけてたぁ？　どこが」

カレンさんに言われて改めて自分の部屋を見てみたけど――。

たしかに本やら脱《ぬ》ぎ散らかした服やらがいっぱいで、過去一きちゃない……カモ。

「ちょーっとだけ散らかってるけど、ここ座って。必殺――モーゼ！」

床《ゆか》に散らばった荷物をパカーッと半分に割ってスペースを作ってから、クッションを置いた。

カレンさんはつま先でチョンとつついてから「ひっ。ソックスにわたぼこりがついた！」と悲鳴を上げながら、床につんでいた雑誌の山の方へ向かった。

「……これはいるでしょ」

カレンさんはそう言うと、縛《しば》って積んでおいた雑誌の紐《ひも》をほどく。

「あーっ！　ようやく決心して整理したのに」

「整理するなら本棚《ほんだな》でしょ」

カレンさんが手にしているのは、あたしたちが中学時代に作っていた雑誌『パーティー』だ。

「でも、あたし――編集者やめたから」

しぼりだした声でそう告げたが、カレンさんはわざと聞こえないフリをしているみたい。

『パーティー』をキレイに本棚に戻《もど》していく。

「立ったままでいいわ。のんびり座って思い出話をしに来たんじゃないんだから」

「もしかして本当にうちに花火を投げ込みに来たの⁉」

「そんなわけないでしょ‼　これはおもちゃみたいなもので――あっ」

ひーっ。部屋が爆破《ばくは》されるーっ！（白目）

「冗談よ。今日はアンタに仕事を持ってきてあげたのよ」

仕事？

「声が大きいから、イベント会場の案内や呼び込みとかならできるよ！」

「そうじゃなくって。今度、角丸書店《かどまるしょてん》で『パーティー』を復刊させるって話が出てるの」

「！」

カレンさんの言葉に、あたしは目を見開き、マジマジと彼女を見つめた。

『パーティー』はそのむかし、うちのパパが作っていた雑誌でね。

超人気の雑誌だったにもかかわらず、突然《とつぜん》終わっちゃったんだ。

中学に入学してから、今度はあたしが三《み》ツ星学園《ぼしがくえん》で編集部を立ち上げて、仲間と一緒《いっしょ》に『パーティー』を作り始めたんだ。

最初は部活として認めてもらっていたわけじゃなかったけれど、皆《みんな》で力を合わせてたくさんの雑誌を作ってきたんだよ。

飛び上がるくらい嬉《うれ》しい気持ちになったり、原稿《げんこう》が落ちるんじゃないかって胃がねじ切れそうになるくらい心配したり、『人生詰《つ》んだ！』って思う事が何度もあったけれど、そのどれもがあたしにとって宝物のような思い出だ。

「どう？　嬉しいでしょ。やるわよね」

「やりたいけど。でも――」

「でも何よ」

「――あたしにはムリだよ。部活で楽しく作るのとは違《ちが》うし。それに今、とっても忙《いそが》しいの！　**ヤミねこ先生**の推《お》し活に命かけてるから！」

あたしはカレンさんに向かって目を輝《かがや》かせる。

あたしが最近ハマっている、『ヤミねこ』は、作品名も作者名も同じ『ヤミねこ』っていうんだけど、超面白《おもしろ》いの！

「あー。アンタがSNSで推しまくってるマイナーなマンガ家さんよね？」

フォロワー数が12人の時に見つけたんだけど、少しずつフォロワー数も増やしてるんだ。（あたしの布教活動もちょっとは役に立ってるかも⁉）

どや！　とばかりにあたしは胸を張る。

「好きすぎて、新しい話が更新《こうしん》されるたびに原稿用紙《げんこうようし》20枚くらい感想を送ってるんだけど、ちょっと少なすぎて愛が伝わってないかも」

「はああっ⁉　むしろ多すぎ、異常だから！　だいたい20枚って、いったい何を書いてるの⁉」

「感想とか今後の展開とか？」

「いやいや。今後の展開予想って、それメッチャ怒《おこ》られる奴《やつ》じゃない⁉」

カレンさんはドン引きしたように身体《からだ》をのけぞらせた。

「そうかなぁ？　あたしが考えた新キャラ案、使ってもらえたこともあったよ？」

「いやいや、それ絶対に妄想《もうそう》だから！　それより聞いてた？　今度は角丸書店で『パーティー』を作れるの！　他《ほか》の人にやらせていいの？」

**「いいわけないよ！　『パーティー』はあたしのあこがれの雑誌で、編集者になりたいって思った特別な雑誌だもん」**

あたしはグッと拳《こぶし》をにぎりしめる。口から出た声はかすかに震《ふる》えていた。

だけど……。だからこそ今は無邪気《むじゃき》な気持ちで『やりたい』なんて言えない。

そんなあたしの想《おも》いなどもちろんカレンさんは知る由《よし》もなく、

「じゃあ、なにも問題ないじゃない。『やります』って小春《こはる》さんに伝えるわよ」

といきなりスマホを取り出した。

「その電話、待ってええええっ」

あたしがカレンさんの足にしがみつくと、その拍子にカレンさんがよろけて後ろに倒《たお》れ込む。

「いった！　アンタわざとやってる⁉」

「ちがうちがう！　だけど、あたし編集者やめたから。……だから『パーティー』を作るわけにはいかないんだよ」

覆《おお》いかぶさったカレンさんから離《はな》れると、あたしは壁《かべ》を指さした。

そこには『冷やし中華《ちゅうか》はじめました』の貼《は》り紙のように、『編集者やめました』と書かれた手書きの紙が貼ってある。

「なに？　ムダに紙がでっかいんだけど！」

「決意表明だから大きく書いたの！」

「編集者やめましたって……まだ例のバイトの時のことを気にしてるの？」

「そりゃそうだよ！　だって警察まで来ちゃったんだよ⁉」

あたしはあの時のことを思い出し、頭を抱《かか》えてうずくまった。

「間違って掲載《けいさい》した電話番号が、ヤバい所だったんだっけ。なんか竹刀《しない》もった角刈《かくが》りの厳《いか》ついおっちゃんたちが乗り込んできて警察が連行したんでしょ？　そんなの捕《つか》まって当然よ」

「ちがうの！」

「あたしが間違って載《の》せた番号、正義の味方☆ニコニコ剣道《けんどう》道場だったの」

「へ？」

「ヘンな電話がかかってくるって怒って乗り込んできたのは、練習帰りの師範《しはん》たちだったんだけど、あたしが勘違《かんちが》いして大騒《おおさわ》ぎしたから、他の人たちも勘違いしちゃって……」

「それで、おじさんたち、ヤバい人に間違われて警察に連れてかれちゃったの？」

コクリとうなずく。

「ぎゃははははは！　それは傑作《けっさく》なんだけど」

「笑いごとじゃないから――！」

「こんなやらかし、笑うしかないわよ。だけどね、この依頼《いらい》、絶対に受けてもらうから。アンタには拒否権《きょひ》ないの。いいから、や・れ」

「拒否権ナシ!?　なんで!?」

「中学の時、あんだけ振《ふ》り回されて、貸しがいっぱいあるでしょ。今まとめて返しなさいってことよ」

「うぐっ」

**「それに。編集の仕事に本当に1ミリも未練はないわけ？」**

「あたしだってやりたいよ……でも――」

「まだ1ミリでもやりたいって気持ちがあるなら、もう一度考えて。だって、アンタがあきらめても、あたしはあきらめられない」

　まっすぐな瞳《ひとみ》でそう訴《うった》えかけてくるカレンさんの目はマジだ。

「カレンさん……。そんなに『パーティー』作りたかったんだ」

「ばか！　アンタが編集者になる夢をあたしがあきらめられないの！」

「へ？」

　そこからコホンと咳払《せきばら》いをするとあたしの両肩《りょうかた》をつかんだ。

「自分が信じられないなら、1回くらいあたしの言葉を信じてやってみなさいよ。あたしが信じられないなら、他のメンバーの意見も聞いてみてそっから決めて。アンタにさんざん振り回されてきたあたしのお願いよ？　そのくらいは考えてもらっていいと思うんだけど」

　カレンさんの言葉はもっともで、あたしはどう答えて良いのかわからず唇《くちびる》をかみしめる。

　まだその言葉を心から受け入れることはできないけれど——。

「——カレンさん、ありがとう」

　あたし自身が自分を信じられないのに、こうして信じてくれる友達がいる。

　それだけで何という幸運なことだろう。

　ふとカレンさんが片づけてくれた『パーティー』が視界に入る。

『ああああっ、ダメ。原稿、絶対に間に合わない！』

『泣き言言う前に手を動かせ！』

『パーティー』を見た瞬間、みんなでギャーギャー言いながら夢中で作った日々を思い出し、胸がギユッとしめつけられる。

『まだ1ミリでもやりたいって気持ちがあるなら、もう一度考えて』

さっきカレンさんに言われた言葉が、頭の中を何度もよぎる。

**あたし、本当に編集者やめていいの？　1ミリも後悔《こうかい》してない？**

目を閉じてもう一度自分の心に問いかけたあと、ゆっくりと目を開いた。

机の引き出しから紙を取り出すと、深呼吸をしてからいっきにペンを走らせた。

「これでよしっと」

壁に貼っていた『編集者やめました』の貼り紙をはがし、今新しく書いた紙をかわりに貼った。

そこには小さな文字で『編集者、最後にもう1回だけはじめます（仮）』と書かれていたのだった。

## Character Profile

名前
白石《しらいし》ゆの

誕生日　12月13日
星座　射手座
身長　154cm
血液型　O型
家族　最強モンスター（母）と黒猫のクロミツ

★好きなもの
本、スパゲッティ、クレープ、ココア、塩辛、格闘技観戦、雑誌『パーティー』！

★嫌いなもの
数学、地図、しいたけ、夏休み最終日、細かい作業、貯金、お化け屋敷、お裁縫

★最近あったエピソード
最近、すっごく可愛い推し活用の神棚を見つけてさ。

さっそくそこに王子の写真を飾って拝んでたら、

「俺がここにいるだろ」って本人に怒られちゃった。

# 3 しおりちゃん危《き》機《き》一《いっ》髪《ぱつ》！

「いやーっ！　待って待って！　やっぱり急に押しかけちゃマズイんじゃない？」

「シャラップ！　『パーティー』作るより大事なことなんてないでしょ」

ここはあたしの大親友でパーティー編集部元副編集長の**銀野《ぎんの》しおりちゃん**の自宅。雰《ふん》囲《い》気《き》のある魔《ま》女《じょ》の館《やかた》のような建物だ。

「そもそも仕方ないじゃない。アンタと同じく貞子《さだこ》も、電話もメールも出ないんだから」

貞子っていうのは、昔からカレンさんがしおりちゃんに使うあだ名だ。なつかしいなー!!

「ずっと連絡《れんらく》とってたんだよ!?　だけど、あたしが編集部でやらかした話をしてから返信がなくなっちゃったんだよね」

銀野《ぎんの》しおりちゃんは占《うらな》いと呪《のろ》いが得意で、魔女を本気でめざす女の子。

あたしが作ったパーティー編集部に最初に入ってくれたメンバーで大切な親友だ。

しおりちゃんに編集者やめるって伝えたら「ガシャン」って話の途《と》中《ちゅう》で電話を切られて以来、一度も連絡はなし。

「嫌《きら》われちゃったのかな」

「――アンタ、それ本気で言ってる？」

「だって……」

そうじゃなかったら、あんなに来ていた連絡がピタリと止まるはずないもの……。

「ヘナチョコ！　いつまでたっても覚悟《かくご》が決まらないなら、あたしが押す」

しびれを切らしたカレンさんが、インターフォンを押そうとすると――。

「わああっ」

ガチャとドアが開き、勢いよく双子《ふたご》が飛び出してくる。

「ギャー！　カワイイ！　二人とも大きくなったねぇ」

抱《だ》きしめると、全力でイヤイヤをされる。

「あの……しおりちゃんいる？」

「いる！　早く！　早くお姉ちゃまの部屋に行って！」

「早くしないと大量殺人犯になっちゃう！」

た……大量殺人犯――っ⁉

あたしとカレンさんはポカンと口を開けながら顔を見合わせたあと、大きくうなずいた。

「それじゃあ失礼します！」

「お邪魔《じゃま》します！」

ペコリとお辞儀《じぎ》をすると、しおりちゃんの部屋に向かって爆走《ばくそう》した。

コンコン。

ノックをするも返事はなし。

ただドアの向こうからは、バシーン！　バシーン！　という不穏《ふおん》な音が鳴り響《ひび》いている。

「しおりちゃん？」

そうっと部屋の扉《とびら》を開けると――。

「――っ！」

モア――っと煙《けむり》が立ち込め、部屋の中が見えない。

「ゲホゲホ。し……しおりちゃん？」

少しずつ煙がはれてきて、部屋の中の様子が見えてくる。

「堕《お》ちなさい堕ちなさい堕ちなさい堕ちなさい――全員まとめて地獄《じごく》に堕ちなさい」

しおりちゃんはバシバシと拳《こぶし》を打ち付けたあと手に持っていたブードゥー人形を壁《かべ》に投げつける。

投げつけていた壁の下には、おびただしい数のブードゥー人形が転がっていた。

他《ほか》にも真っ赤な水が張られたバケツの池にブードゥー人形が浮《う》かび、またある人形たちは針が山ほど刺《さ》さっていたり。部屋のいたるところに『呪』って札が貼《は》ってあって、怖《こわ》いんですけど――っ。

JI《ジ》・GO《ゴ》・KU《ク》！

ここはまるで絵本に出てくる地獄のような有様だよ！

「「～～っ！」」

あたしとカレンさんは声にならない悲鳴をあげ、どちらからともなく抱きしめ合う。

「ふふふ。次は舌を引っこ抜《ぬ》いてやりましょう――って舌はなかったですね。ふふふ。それではどこを引っこ抜いてあげましょうか――」

ペンチを手に持ちニタリと笑うしおりちゃんの腰《こし》に、あたしはタックルするように飛びついた。

「ノオーっ！　しおりちゃん！　おやめくだされえええっ」

あたしはしおりちゃんに向かい、高速土下座をする。

「そのキレのある土下座は悪魔《あくま》ではなく本物のゆのさん？……それと……」

「紫村《しむら》カレンよ。カ・レ・ン。まさか忘れたとは言わないわよね！」

「すみません。ゆのさんにしか興味がないもので」

「貞子め。アンタのそーゆーところがムカつくの！」

「――小言はあとにしてください。私は今、大切な儀式《ぎしき》の最中なので」

「「儀式!?」」

あたしとカレンさんは同時に叫《さけ》び、顔を見合わせる。

そういえばこのブキミなお人形たち、何だか見覚えがあるような。

「しおりちゃん。この人たちってもしかして」

「ゆのさんをクビにした外道《げどう》どもです。安心してください。すでに相当悪夢にうなされているはずです。悲願成就《じょうじゅ》、あの世行きはもうすぐです」

「うわあああああっ。成就させちゃダメえええええっ！」

「なぜですか!?　ゆのさんから編集者という夢を取り上げたんですよ？　死して詫《わ》びて頂かねば」

「ひひひ。しおりちゃん、オーバーだなぁ」

あたしは引きつった顔で笑う。

「どこがオーバーなんですか？」

ひえー！　しおりちゃんの目がすわってる。

しかも怒《いか》りの矛先《ほこさき》がこちらに向かってきた。

「──ゆのさんに憑依《ひょうい》した悪魔……私の呪いを阻止《そし》するためにやってきたにせものですか？」

「違《ちが》う違う！　本物！」

「じゃあ。ゆのさんの好きなものは？」

「生クリームたっぷりのココア！」

「ゆのさんの幼馴染《おさななじみ》の名前は？」

「**黒崎旺司**《くろさきおうじ》。幼馴染であたしの大事な人というか───」

ギャー！　恥《は》ずかしっ！

「──にせものですね」

えええええっ。なんでそうなるの⁉

「ゆのさんは、ニヤニヤ気持ち悪い笑《え》みを浮かべながら、のろけを言うような人じゃありません」

ガーン！　しおりちゃんに気持ちが悪いって言われた。

「ゆの！　貞子の目がすわってる！　早く本物だって証明しなさいよ‼」

本物の証明⁉　そ……そんなの、わからないよーっ！（涙）

しおりちゃんに納得《なっとく》してもらうためには、あたしが心から思っている事を伝えるしかないのかも。

あたしはフウッと深呼吸すると、しおりちゃんの両肩《りょうかた》に手をかけ、紫色《むらさきいろ》の瞳《ひとみ》をまっすぐに見つめた。

「しおりちゃん、あたしは本物だよ。しおりちゃんの親友で、『パーティー』の編集長。だから――信じてくれる？」

「――でもゆのさんは、もう編集者はやめるって……」

「うん。そう思ってたところに鬼《おに》の形相をしたカレンさんがやってきて」

カレンさんがすかさず「鬼じゃないわよ」とツッコミを入れる。

「角丸書店《かどまるしょてん》から復刊する『パーティー』をあたしたちで作らないかって話が出てるの。あたしは正直、自分が編集者をやって良いか自信がない。だけどカレンさんが、みんなに聞いてみろって……」

驚《おどろ》いたように言葉をなくすしおりちゃんの手にあたしは、そっと触《ふ》れる。

「しおりちゃんは、あたしが『パーティー』を作ってもいいと思う？――また一緒《いっしょ》に『パーティー』を作ってくれる？」

いつもそばで見守ってくれていたしおりちゃんが、またあたしと一緒に雑誌を作るって言ってくれたら――。

親友の言葉を信じて、もう一度やってみたい！

ドキドキドキ。

あたしは裁判官の判決を待つような気持ちで、しおりちゃんの言葉を待った。

「いいに決まってるじゃないですか‼　そして、私は副編集長です！　たとえ屍《しかばね》になっても、ゆのさんの隣《となり》は絶対に誰《だれ》にも譲《ゆず》りません！」

しおりちゃんは強い口調で感情を爆発《ばくはつ》させると、あたしのことをギュッと抱きしめた。

「ゆのさん……。おかえりなさい」

「しおりちゃん。ごめん。──ありがとう」

「ゆのさん……。カレンさん、ゆのさんについている悪魔を祓《はら》ってくださり、ありがとうございます」

「はあ!? アンタと違って、あたしにそんな力ないわよ」

「そんなことありません。カレンさんの鬼の形相は、悪魔をも祓いのける力を持っています」

「ぬあんですってえええええっ！」

真顔で告げるしおりちゃんの言葉に、カレンさんが目をつりあげる。

「──感動の再会はいーけど、ダラダラくっちゃべっててていいのか？」

声の方に視線を向けると、見慣れた赤い髪《かみ》の男の子が、八重歯《やえば》をのぞかせながら不敵《ふてき》に笑っている。

えええええええっ、**エンマあああ**!?

そこには、ヨッと右手を上げて不敵な笑みを浮かべる**赤松円馬**《あかまつえんま》が立っていたのでありました。


「何でエンマがここにいるの？」

エンマにそう尋《たず》ねると、彼のかわりにしおりちゃんが口を開く。

「正確に呪うためには情報が必要なので。情報通のエンマ君にも手伝ってもらっていたんです」

「アンタ、手伝ってないで貞子を止めなさいよ」

「止めたらオレがやられるに決まってるだろ」

カレンさんとエンマがコソコソと密談を交《か》わしている。

「ふふふ」

「――何笑ってんだよ」

「エンマってば、そんなこと言ってぇ。本当はしおりちゃんの呪いが完成しないよう、見張ってたんじゃないの?」

完成したら大変なことになっちゃうもの!

「ばっ。そんなお人よしなことするわけねーだろ」

やはり図星なのか、エンマの声が少しうわずる。

「ち、ちなみにエンマはあたしが編集者になるのをあきらめようとした理由も知ってるの?」

「あー。あの警察沙汰《ざた》の奴《やつ》だろ」

ぐおおおおおっ。さすが、ご存じでいらっしゃる!

三ツ星学園《みほしがくえん》時代は、生徒だけでなく先生たちの秘密も握《にぎ》っていて、めちゃくちゃ恐《おそ》れられてたもん!

だけど……エンマが何でもお見通しなら、安心してあの質問ができる。

「それなら話は早いや。エンマはもう一度あたしが『パーティー』を作ってもいいと思ってる?」

「バーカ。オマエ以外に誰が作るんだよ。絶対作れ」

キッパリと言われ、「どうして」と思わず心の中の言葉が声に出る。

「オマエが作らなきゃ、オレたちも一緒に遊べねーだろ」

えええええっ。そんな簡単な理由⁉　あたしはガックリと肩を落とした。

「いやいや。あたしがやらなくたって、みんなは編集部に入れてもらってやればいいじゃん」

「ゆのさん、それは違います。ゆのさんがいなくなったら、その雑誌は私たちの『パーティー』ではありません」

キッパリと告げるしおりちゃんの言葉に、カレンさんも同感というようにうなずいた。

「**雑誌の色は編集長で変わるんです。私たちはゆのさんが編集長として作る『パーティー』を一緒に作りたい。だからゆのさんと一緒でなくてはダメなんです**」

3人の顔を見ていると、一人部屋にいた時からは考えられないような勇気がわいてくる。

それはまるで『パーティー』を読んでいた時のワクワクした明るい気持ちに似ていた。

ああ、あたし。今モーレツに雑誌が作りたい！

しおりちゃんとカレンさんとエンマと3人で、さっきまでの自分みたいに落ち込んでる人だって笑顔にしちゃうような雑誌を作りたい。――いや、作るんだ！

「みんな……ありがとう。あたし、やっぱりもう1回『パーティー』を作る！」

不安な気持ちは正直まだあるけれど、ここにいる編集部のみんなとあたしたちの雑誌を作りたい！

もしかして、また挫折《ざせつ》をするかも知れないけれど……。

それでも今回だけ。今回だけは全力で雑誌を作る――すべてはそれからだ。

「覚悟はわかったけど『パーティー』の件、17時までに返事するんじゃねーのかよ。あと1分だぞ」

その言葉を聞いた瞬間《しゅんかん》、カレンさんがスマホを開き何やら確認《かくにん》して悲鳴をあげる。

「やだっ。メールに添付《てんぷ》の企画書《きかくしょ》じゃなくて、文面の中にだけ〆切《しめきり》の時間が書いてある！」

「え⁉」

『パーティー』再開の言葉をかける間もなく、あたしたちは慌《あわ》てて時計をチェックする。

しおりちゃんの部屋の壁にかかっている時計は、17時を過ぎていた！

うぎゃあああああああっ！　どどどどど、どうしようーっ！

「カレンさん、あたし今からひとっ走り角丸書店まで行って、土下座してやっぱりやりたいって頼《たの》みこんでくる！」

グッと親指を立ててウィンクすると。

「そんな明るく土下座しようとしないでください！　ゆのさんの土下座は価値0です！」

「貞子の言う通り！　アンタの土下座、紙みたいにペラペラに軽いのよ！」

しおりちゃんとカレンさんから物凄《ものすご》い剣幕《けんまく》で同時にツッコミを入れられ、あたしは「そこまで言わなくても……」と、思いきりまゆをハの字に下げる。

「ぶっ。あはははは。すげー、マンガみてーなテンパり方してんのな」

あわてるあたしたちを見て、エンマがヒイヒイとお腹を抱《かか》えて笑っている。

「エンマ！　今、笑ってる場合じゃないから！」

「そうよ！　この非常事態に、のんきにスマホいじってるんじゃないわよ！」

「オレがせっかく助けてやろうと思ったのに、いいのか？」

エンマはそう言うと、スマホのメール画面を開いて見せてくれた。

送信者は小春《こはる》さん。

**エンマ君。『パーティー』編集部、復活の連絡ありがとう。近々みんなで会社に来てもらうわね。**

と書いてあるんですけどーっ。

「えーっと。これって？」

「このオレサマが知らねえとでも思ったか。おまえらの動きは全部お見通しだ。こーなるのがわかってたから、先に連絡しといてやったんだよ」

「エンマ！　でかした！」

「エンマ君、ありがとうございます！」

「不良猫《ねこ》、やる時はやるじゃない！」

「うわっ。おまえら抱《だ》き着いてくるな！」

あたしたちは感激のあまり、勢いよくエンマに飛びついたのだった。

「――帰ったら、貼りかえなきゃなぁ」

「ん？　何を貼りかえるって」

エンマに聞きかえされ、あたしは「ナイショ」と答えた。

「これで――よしっ！」

その日、自分の部屋に戻《もど》ると白い紙に『「パーティー」を復活させるぞ！』とマジックで書き、一番目立つ学習机の前に貼った。

**「迷った時は前に出ろ」**

あたしは大好きな言葉を唱えながら、一番右上の引き出しを開ける。

そこには中学時代『パーティー』を作るきっかけになった、ある人からもらった宝物の万年筆が1本だけ入っていた。

ずっとお守りにしていた**虹色《にじいろ》の万年筆**を両手で握りしめると、ポケットの中にしまったのだった。

## Character Profile

名前

銀《ぎん》野《の》しおり

| 誕生日 | 星座 | 身長 |
|---|---|---|
| 3月9日 | 魚座 | 158cm |

| 血液型 | 家族 |
|---|---|
| AB型 | 父、母、祖父、祖母、兄、姉、双子の弟&妹 |

★好きなもの

こわいもの、占い、タロット、魂の入っている人形、心霊スポット、七不思議、たくさん寝ること、くらげ

★嫌いなもの

女子トーク、遊園地、さわがしいところ、ナタデココ、明るい色

★最近あったエピソード

最近は呪詛しまくりの平安時代にハマり、部屋着が巫女装束になりました。
そのうち普段着に昇格するかも知れません。
ん？　黒崎君の家の方からよからぬオーラが……。

## Character Profile

名前

赤《あか》松《まつ》円《えん》馬《ま》

| 誕生日 | 星座 | 身長 |
|---|---|---|
| 9月18日 | 乙女座 | 170cm |

| 血液型 | 家族 |
|---|---|
| B型 | 父、母、妹 |

★好きなもの

スクープ、ヒミツ、音楽(爆音をお気に入りのヘッドホンで)、ネット、ゲーム(特にサッカー!)、動画鑑賞

★嫌いなもの

みんなが知っていること、強制されること、ダルいこと、流行のもの

★最近あったエピソード

黒崎が帰国してすぐにファミレスで会ったんだけどさ。
久しぶりに会うからか、ちょっと緊張してんの。
バレないようにしてても、このオレサマにはバレバレだっつーの。

# 4 久しぶりの編集会議！

「コホン。それでは——**第1回編集会議**をはじめます！……って、本当にあたしが仕切っちゃっていいの⁉」

あたしは会議室に集まっているしおりちゃん、カレンさん、エンマの3人を見た。

実際に企画《きかく》がスタートすると、角丸書店《かどまるしょてん》で作業をすることになるらしいんだけど……。

今日は久しぶりに会ったこともあり、近況《きんきょう》報告がてらうちで編集会議をすることになったんだ。

「いいも何も、中学の時もオマエが雑誌作るっていきなり言い出してさ。オレサマたちを『パーティー』編集部に引っ張り込んだんだろ。なにエンリョしてんだ」

「チョイ待った！　それ記憶《きおく》補正。エンマは自分からはいりたーいって言って、入部してきたんでしよ⁉」

「はあ⁉　そうだったか？」

「それより『パーティー』を作るメンバーは私たちだけですか？　**灰塚先輩**《はいづかせんぱい》が手伝ってくれると、大変助かるのですが」

灰塚先輩は元新聞部だったけど、『パーティー』編集部に入ってくれた先輩だ。

あまりにもあたしが誤字脱字《だつじ》するもんだから、灰塚先輩が怒《おこ》って辞書投げつけてきたっけ！（遠い

目）

ひーっ。あれって今思うと、当たりどころ悪かったら大事故だよね⁉

灰塚先輩のことだから、『オマエは当たっても死なん』とか言いそうだけどね。

でも学生時代に作っていた『パーティー』の誤植が少なかったのは、灰塚先輩のおかげだ。

そこは本当に感謝だよ！

「たしかに口うるせーけど、仕事は確実だったよな――って、ゆの、何やってんだよ」

土下座姿で何度も神に祈《いの》りを捧《ささ》げているあたしに気づき、エンマが顔を引きつらせる。

「灰塚先輩には超《ちょう》お世話になったから！　どっちにいるかわからないから、とりあえず全方向に向けて拝んでるんだよ」

「そういうことでしたら私も――」

「アンタも真似《まね》しないの！」

得心したようにうなずき、あたしの隣《となり》で同じく礼拝しようとするしおりちゃんに向かい、カレンさんはピシャリとツッコんだ。

「まあ。難しいだろうな。灰塚先輩、なんか角丸書店で校正のバイトしてて忙《いそが》しいらしいぜ？　しかも西園寺《さいおんじ》先輩がらみらしい」

げっ。そうなの⁉

西園寺先輩の名前を聞いて、思わずあたしたちは身体《からだ》をすくませる。

西園寺会長は笑顔《えがお》で毒を吐《は》きまくる、あたしたちの中学の元生徒会長兼《けん》新聞部の部長でね。

『パーティー』編集部を廃部《はいぶ》にしようと考える西園寺会長から、我ら『パーティー』編集部は、メチャクチャ目の敵《かたき》にされてたんだよね。（主にあたしか⁉）といいつつ、なぜか一度お付き合いしたんだけど……。ひー！　いまだに信じられないですよっ！

「あーあ。あとは王子がいてくれたらなぁ」

王子こと黒崎旺司《くろさきおうじ》は、あたしのクールな幼馴染《おさななじみ》で、『パーティー』編集部の一員だ。

最近ずぅえんずぅえん会っていないけど、めでたく（⁉）お付き合いしている運命の人デアリマス。

（ギャー！　恥《は》ずかしい！）

文句を言いつつも、我らの面倒《めんどう》をキッチリと見てくれる『パーティー』編集部で一番のしっかり者。

王子がいてくれたら、すぐに別の話題で盛り上がって横道にそれるあたしたちの手綱《たづな》をひいてまとめ上げてくれそうなのに。

「黒崎？　呼べば？　ヒマそうだから来るんじゃねーの？」

「え？　誰《だれ》を呼べば来るって」

「だから黒崎だろ？　日本に帰ってきてるんだから、手伝ってもらえばいいだろ？」

「確かに、この前黒崎くんと一緒《いっしょ》に、ご飯を食べました」

んんっ⁉　ドーユーコトデスカ？（大混乱）

高校を卒業してからあたしはママと旅に出たんだけど、王子もお医者さんになるために海外に行ったんだ。

みんなにはナイショだけど、王子が一度、海外から帰ってきたことがあってさ。

その時は、二人きりでデートしたんだよ⁉

王子とキスだって、いっぱい、いっぱーいしたんだからっ！

……とはみんなには言えないけど、とにかくどっから見ても恋人同士《こいびとどうし》♡って感じの、超あまあまラブラブだったのに。

ん？　でも待って……。王子と連絡《れんらく》が取れなくなったのって、その後くらいから――かも……？

こっちは向こうで何か事故にあってないかとか、病気になってないかとか心配してたのに。

それなのにエンマとは連絡をしてたですと⁉（怒《いか》りＭＡＸ）

「エンマ、ちょっとくわしく聞かせなさいよおおおおおおおおおお！」

「うわあああっ。目がヤバい！　やめろおおおっ！」

あたしは興奮気味に、エンマに飛びかかった。

王子ってば皆《みんな》とはご飯食べたりしてるのに、彼女のあたしには連絡すらよこさないのっ⁉

「そう怒るなって。会えないのはオマエのせいだしな」

「あたしの⁉」

あたし、王子に何かしちゃったってこと⁉

「しおりちゃんも何か聞いたの？」

「ゆのさんにそんな一面が……と驚《おどろ》きましたが」

ちょっと待って！　あたしが王子にやらかしたってこと？

いやいや。でも失礼なことっていつもしてるし！（胸をはって言うことじゃないけど！）

「このままお別れにならないといいけど」

お……お別れ⁉

カレンさん、やめてえええええええっ。不吉《ふきつ》なこと言わないでえええええっ！

「あ、黒崎からメッセージが返ってきた」

「かして！」

返事も聞かずに、エンマの手からスマホを奪《うば》い取る。

王子からのレスは『**連絡ありがとう。今はむずかしい**』との文言が入っていた。

「もう、王子君ったらもう少し長文でもいいのに」

「ぬぅあんでえええええええええええっ！　あたしは既読《きどく》スルーされまくりなんだけど！」

「けけけ。オレサマたち親友だからな」

「ウソ⁉　はじめて聞いたんだけど！　王子そんなこと言ってないよ」

「ほら。連絡はけっこう取ってるだろ」

本当だ！　しかも電話までしちゃってる！

「なんで……こんなに連絡取り合ってるの⁉」

「さー。なんでかなー。知りたい？」

「知りたい知りたい！」

手招きをして耳打ちしようとするエンマに向かい、あたしは自分の耳を差し出す。

「うひゃあ！」

ふっと耳元に息をかけられ、あたしは思わず悲鳴をあげる。

「けけけ。真っ赤になってんの。かーわい」

エンマはそう言うと、意味深な笑みを浮《う》かべる。

「黒崎は今、ゆのに会いたくねーみてーだし？　いい加減オレサマと付き合えよ」

「はあっ⁉」

「まあ。もう付き合う以上だったか」

「いやいや。何言ってんの⁉　そんなことないし！」

「一緒《いっしょ》に暮らしてるようなもんだろーが」

「ええええっ。それどういうこと⁉」

「ちょっと誤解を招くような言い方やめてよ！」

「私もくわしく聞きたいです」

ドン引きするカレンさんの横で、しおりちゃんまでもがすごい目力でたずねてくる。

「エンマんとこの猫《ねこ》が**クロミツ**に会いに来てたんだよ。あんまり楽しく遊んでるから、気が付いたらいつも一緒にいるなって時期が……」

何となくいたたまれなくなり声が小さくなるあたしの横で、エンマがニヤリと笑う。

「あのソファ、オレサマのベッドだったよな」

「いやいや、別にエンマのってわけじゃないけど！」

「あれは男性ものウェアですか？　今でもエンマ君の荷物が置いてあるし、たしかに住んでいらっしゃるくらいよくここにいたんですね」

しおりちゃんの冷静なツッコミに、あたしはそれ以上何も言えなくなる。

「な、今のオレサマたちがどういう仲かわかっただろ」

エンマがあたしをグイッと引き寄せるもんだから、全力で離《はな》れようと身をよじる。

「もういいんじゃねーの。乗り換《か》えれば」

「ちょっと――アンタまさか、いつもこんなにイチャイチャしてたの？」

ゴミを見るような顔をするカレンさんに向かい「ちがうちがう！」とあたしはブンブンと首を横にふる。

「イチャイチャなんて誓《ちか》ってしてないよ！　エンマが変なこと言うから言い返してただけ」

「ゆの。まさかとは思うけど王子君にコイツが入り浸《びた》ってたこと言ってないわよね」

心配そうな顔で、カレンさんは質問してくる。

「言ってないけど、知ってるよ？」

「なんで⁉」

「だって王子から通話が来る時は必ずエンマもいるから」

ある時からピタッと連絡がなくなっちゃったんだけど、それまでは王子から電話があるときはだいだいエンマが側《そば》にいた時だったんだよね。

「今ふと思ったんだけど……。エンマ……王子から連絡が来る時間がわかってたとか⁉」

「けけけ。オレサマを誰だと思ってんだ。黒崎のスケジュールくらい把握《はあく》してる」

ひゃー！　そうか！　1つナゾが解けたよ！

「――それね。アンタが愛想《あいそ》をつかされたのは！」

「ええええっ。ちがうよ。だって相手はエンマだよ？」

「わかってないわね！　黒崎君的にはこいつが一番ダメなのよ！　ほら。アンタも何か言ってやんなさいよ！」

「エンマ君は黒崎君の魔《ま》の手からゆのさんを守っているので、良い仕事をしているのかと」

「守りすぎて捨てられちゃったら意味ないじゃない」

なぬ⁉　今、すっごく聞き捨てならないことを仰《おっしゃ》いませんでした⁉

「心配しなくて大丈夫《だいじょうぶ》！　あたしたちの絆《きずな》はちょっとやそっとじゃ壊《こわ》れないもん！」

うっかり婚姻届《こんいんとどけ》の名前を書き間違えてうやむやになっちゃったけど、結婚《けっこん》しようって話が出たくらいなんだから！

「黒崎君が忙《いそが》しいようでしたら、この話はここでおしまいです。明日《あした》は角丸書店に行くんですよ？少しは企画の話とかしませんか？」

さすがしおり副編集長！

暴走しまくった会議をしっかりとまとめてくださって、ありがたいよー！（涙）

「そ……。そうだよね」

王子のことはあとでじっくりとっちめるとして、今は雑誌作りに集中しなきゃ！

あたしは気合を入れ直すために、パンパンと両手で自分の頬《ほお》をたたいた。

「よしっ。じゃあ、ザックリどんな雑誌にしたいか案があったりする？」

あたしが全員に向かってそう問いかけると。

「行ったら即死《そくし》！　本気のホラースポット特集はどうでしょう？」

「銀野《ぎんの》がそうくるなら、『知ったら消されるマル秘情報特集』なら作れるぜ？」

真顔で挙手するしおりちゃんの発言のあと、次は片ひじをついたままエンマがけだるげに口を開く。

「ダメダメ！　どっちの企画も危なすぎて、全国誌で発表できないから！」

ちょっと知りたいけど、リスクが高すぎるよー！

「ふふ。お子様ね。耳の穴かっぽじってよーく聞きなさい。あたしの目玉企画はコレよ！」

カレンさんはそう言うと、スマホの画面を開いてあたしたちの前に置いた。

「ええええっ。今話題のVチューバー・美肌殿下《びはだでんか》さん？」

Vチューバーとは、キャラクターやアバターを使って動画配信をする人だ。

美肌殿下さんは、キラキラ美肌の美少年のキャラクター。現役のお医者様でもあるんだよ！

「美肌殿下さんの連絡先知ってるの？」

「この人すごい美容ヲタクで、あたしのSNSフォローしてくれて。そこから仲良くしてんだよね」

「仲良く！　そっか。カケル君との年の差恋愛《れんあい》はダメだったのか」

「ちがうわよ！　美肌殿下さんは女だから」

「えええええええええっ。そうなの⁉」

「そうそう。それで美容をあつかったミステリー小説を書いてみたいって言ってて。『パーティー』で連載《れんさい》したらどうかなって」

「カレンさんすごいね！」

いつのまにかそんな人とつながって、しかも小説を書いてもらえるなんて！

「でも美容のことはわかるけど、ふだん小説とかマンガって読まないから。物語作りについては全然どう直したらいいかわからないのよね」

カレンさんはお手上げだというように両手をあげた。

「だから、美容の検証はあたしができるけど、内容面でのアドバイスくれる？」

「わかった。それにしても美肌殿下さんを口説いちゃうなんて。カレンさんすごい！」

編集者として一番レベルアップしたのはカレンさんだよ！

「──アンタみたいに夢を実現できる人になりたかったから」

「え？」

カレンさんは顔を赤くして「何でもない」とだけ言った。

「企画と言ったら、どーすんだよ。あのワガママプリンスは」

ワガママプリンス。

エンマの言葉に、全員が金髪《きんぱつ》でキラキラスマイルを浮かべる白い制服の男子を思い浮かべる。

「帝王《ていおう》学を学ぶって言って、どっか行っちゃったきりだよね」

ワガママプリンスと言えば、もちろん我らが**青木《あおき》トウマ先輩**！

超ワガママで自分が大好きな王子様。

あたしが作っていた『パーティー』で最初に原稿《げんこう》をお願いして、そのままずっとマンガを描《か》いてもらっていた看板作家だったんだよ。

トウマ先輩は『小鳥ちゃん』と呼ぶファンの女の子たちをはべらすような人気者で、あたしとは縁《えん》がない人だと思っていたんだけど、めっちゃマンガのセンスがあって！

原稿をもらうのは本当に本当に本っっ当に大変だけど、出来上がるとそんなの忘れちゃうくらい面白《おもしろ》い原稿を描いてくれるんだ。

何でもアリなトウマ先輩のことだから、本当に王国の1つや2つくらいつくってそうだ。

「今回はそっとしておく？　出版社の依頼《いらい》を受けてつくる『パーティー』なわけだから、ワガママを通せるわけじゃないでしょ」

「んー。トウマ先輩って、毎日送ってるメールには返事をしてくれないくせに、突然すんごい原稿を上げてきてくれるからなぁ」

「今サラッと言いましたが、毎日ですか？」

「うん。毎日！　よく考えたら、王子よりトウマ先輩に原稿催促《さいそく》の連絡してる方が多いみたい」

生存確認《かくにん》のためにも、一度トウマ先輩の執事《しつじ》セバスチャンさんか双子《ふたご》の姉のミヤちゃんに、トウマ先輩の消息をたずねてみようかな。

トウマ先輩にお願いしたいけど、たしかに表紙じゃないとイヤ！　とか、巻頭カラーよこせとか言われそうだしなぁ……。うーん。

「トウマ先輩のことはあたしが考えるから、まずは他《ほか》の企画を出していこう！　老若男女《ろうにゃくなんによ》誰でも楽しめる雑誌になる企画がいいな……マンガ？　銭湯？　コンビニスイーツ？」

「ちょっといくらなんでも、ザックリしすぎじゃない⁉」

カレンさんのツッコミに、しおりちゃんとエンマが笑う。

「コンビニスイーツより、おっさんたちならコンビニ酒じゃね？」

ギャー！　たしかに！　コンビニで企画を出そうと思っても、幅《はば》が広くて悩《なや》んじゃう！！！

いろいろ悩み事や不安はあるけれど、新しい企画を考えるのって、すっごく楽しい！

久しぶりの感覚に、あたしたちは夜遅《おそ》くなるまで夢中でしゃべり続けたのだった。

# 5 角《かど》丸《まる》書《しょ》店《てん》にやってきました！

「うひゃー！　なんか前に来たときと全然ちがう！」

編集会議をした翌日、あたしたちは角丸書店にやってきた。

角丸書店は出版社の中でも、いろいろなジャンルの雑誌や小説やマンガ、辞書を刊行するだけでなく、映画やゲームなどなどエンタメを幅《はば》広《ひろ》く手がける大きな出版社なんだよ。

昔も来たことがあったんだけど、今はオシャレなカフェみたいだ。

「ゆのちゃん、久しぶり！」

「あ！　小春《こはる》さん！　会いたかったーっ。いて！」

「なーにが会いたかったよ。メールも見てなかったくせに」

あきれた口調のカレンさんにコツンと小突《こづ》かれる。

だけど小春さんとの久しぶりの再会に、グーッとお腹の奥の方で熱い気持ちが燃えてくる。

「こっちよ」

あたしたちは、編集部のフロアの一室に通された。

ここにいる人たちはみんな本づくりにかかわっているんだ！

「本物の『パーティー』をあたしたちが作っていいなんて、夢みたいです。よろしくお願いしま――すっ！」

キーン！

「うるさいぞ！」

「こっちは打ち合わせの電話中なんだ！」

と怒《おこ》られ、土下座せんばかりの勢いで頭を下げた。

「よろしくね……と言いたいところなんだけど、本当に雑誌を復刊できるかはまだ未定なのよね」

「はあああああっ⁉　それっていったいどういうことでしょうか⁉」

あたしだけでなく、カレンさんもしおりちゃんもエンマまでもギョッとした顔で小春さんを見つめている。

「実際に雑誌を出すかどうかは、**本会議**で決まるの。それまでは保留ね」

本会議？　それっていったい何なの？

「あの……それは企画《きかく》を考える編集会議とはちがうのでしょうか？」

そうだよ！　編集会議なら、いつもやってたし。あたしでもわかる！

「たしかに学生は編集会議だけで良いわよね。だけど本当の出版社はそれだけじゃ雑誌を創刊したり、書籍《しょせき》を刊行したりすることはできないわ」

うえええええっ。そうなの⁉

「編集部が考える新刊企画は、本会議で決裁を受けるの。そこで企画が通れば正式に雑誌や書籍を作れるようになるってわけ」

「あの〜。実は『決裁』の意味がちょっとよくわからなくて……」

そっと手を挙げると、しおりちゃんやエンマも「同じく」とうなずく。

「はあっ⁉ アンタたちそんなことも知らないの⁉ 『決裁』っていうのは、その企画を会社で刊行することに対して『許可』か『不可』か決めることよ」

えーん！ カレンさんみたいに、何でも知ってるわけじゃないよー。(泣)

「そうそう。企画全部にOK出してたら、会社が倒産《とうさん》しちゃうからね」

なるほど。学校で考えると、先生たちに許可を得てから作るみたいなイメージかも。

「本会議は月に一度しかないから、来月の本会議に向けてまずは『パーティー』の企画書をまとめないとね」

「新しい『パーティー』の企画ならもう考えました。いつでも本会議に出せます！」

あたしが胸をはって告げると、小春さんは「本当に⁉」と目を丸くする。

「ちなみに今月の本会議っていつなんですか？」

「まさに今が真っ最中なんだけど」

「今から参加していいですか？」

あたしの言葉に小春さんは「今⁉」と声をうわずらせる。

「はいっ。すごく盛り上がって！ 来月まで待つ時間がもったいないですよ。どんどん進めないと！」

「それはそうだけど……。本当に大丈夫《だいじょうぶ》なの？」

不安そうな顔をする小春さんに向かい、

「まかせてください！」

と、あたしは威勢《いせい》よく自分の胸をたたく。

「せっかく考えた企画を、ぜひ知ってもらいたいですし！」

「けけけ。オレサマたちの企画見てみんなビックリするんじゃねーか」

「楽しみすぎて震《ふる》えます」

「アンタたち、本当に楽観主義なんだから。そこまで言うなら――わかった。それじゃあお手並み拝見といこうかしら。もう一度言うけど今は本会議の真っ最中。他《ほか》の編集者がガチンコ勝負で企画を通してるリングよ。私たちは後ろから入って最後に企画を発表させてもらいましょう。急いで企画書を準備して」

「はいっ！」

あたしたちはこの前考えた企画をまとめてあわててコピーをし、会議室へと向かったのだった。

「あー！　いろんな本の企画が決まる瞬間《しゅんかん》に立ち会えるなんて楽しみ」

ワクワクしながらそう言うと、小春さんはビミョウな顔をする。

「残念ながら、たぶん想像しているのと全然違《ちが》うと思うけど……。まぁとりあえず見てみてって感じかしら」

小春さんの言葉の意味を心の底から知ることになるのは、それからすぐのことであった。（アーメン）

# 6 おっかないです、本会議！

ガチャ。

「うわっ」

暗がりの部屋のドアをあけると、30人くらいがいっせいにこちらを見る。

「ゆのちゃん、ドア!!　早くしめて」

「す……すみません！」

あたしはあわててドアをしめる。

「それでは。『シャンプーをやめたら毛が生えた』は、企画《きかく》通過で」

「ありがとうございました！」

担当編集者らしき人が声をはずませながら、その場で頭を下げた。

ん？　今ものすんんごい気になるタイトルが聞こえたような気がするんだけど、気のせいか!?

「次はBB《ビービー》文庫《ぶんこ》より南《みなみ》先生の新企画についてご説明させて頂きます」

キャー！　南先生の新シリーズ！

あたし大好きなんだよね！

「新シリーズか。前作の売れ行き状況《じょうきょう》を考えると、厳しいな」

「──前回は新しさが足りなかったことと、他社の強いタイトルの作品と重なったことが敗因です」

「じゃあ。次も強い新刊と重なったらどうするつもり？」

質問された編集者は「うっ」と声をつまらせる。

「否決。どの月に出しても確実に売れる。そういう企画に練り直して再提出」

顔色一つ変えず、編集者にとって死刑宣告《しけい》ともいえる言葉を淡々《たんたん》と告げるなんて。

あたしはたまらず口を開いた。

「ちょ！　ちょっと待ってください！　いくらなんでもヒドすぎませんか？」

「ギャー！　ゆのちゃん、何言ってるの⁉」

だって！　だまってらんないよ！

「南先生の本はとっても面白《おもしろ》かったです！　失敗なんかじゃないです──って、宝井《たからい》編集長おおおおおおおおおおっ⁉」

キーン！

眼鏡をしてるから一瞬《いっしゅん》わからなかったけど、あのイケメン！

宝井編集長なんですが！

「ゆのちゃんは相変わらず声が大きいなぁ」

宝井編集長は、『パーティー』を創刊したあたしの超《ちょう》あこがれの編集長。王子のパパでもある。

「どどど……どうしてここに？」

「角丸書店《かどまるしょてん》に呼ばれてね。手伝ってるんだ」

へー！　そうだったんだ。王子と最後に会った時にはそんなこと言ってなかったけど。

でも王子と宝井元編集長はものすんんごく仲が悪かったはずだから、王子が知らなくてもムリはないのかも。

あたしは自分にツッコみ自分の回答に納得《なっとく》していた。

「企画の説明の前に1つ大事なことを伝えておこうかな。いいかい、**本会議に出すからには『おもしろい』のは当たり前。むしろそれは最低条件なんだよ**」

ええええっ。おもしろいだけじゃダメなの⁉

「会社から出すということは、売れないと意味がない。慈善《じぜん》事業じゃないからね。売れない本は出す価値がない」

そこまで言う⁉　鬼《おに》ですか！　悪魔《あくま》ですか⁉

本を作る仕事をする人が本の邪魔《じゃま》をするなんて信じられない！

「あの、もういいから。来月考えて、もっかい出し直します」

えー！　あたしはまだ納得がいかないよ。ドンドン。（抗議《こうぎ》の音）

「あの！　たとえばうんと早く原稿《げんこう》を書いてもらったらどうでしょう？」

「――それはどういうことかな？」

「早く原稿ができ上がれば、たくさん事前に告知したりもできるんじゃないかなって」

好奇《こうき》な目で見るような顔をしていた大人たちが、少しだけ驚《おどろ》いたような顔になる。

「――だそうだ。まぁ、南先生は原稿が遅《おそ》いからそれが本当にできるかどうかはまた別問題だけどね。

そのあたりも企画書に入れておくように」

「はい。ありがとうございました」

「さて。ご意見をありがとう。念のため確認《かくにん》するけど、君たちは今日社会科見学に来たのかな？」

「ちがいます！　『パーティー』の企画を提出しにきました」

どよっと会議室にどよめきが起こる。

「提出するってことは今からプレゼンをするつもりかな？」

「はい！」

あたしは大きくうなずいた。

まさか宝井元編集長に説明をするとは思っていなかったけど、これってある意味ラッキーなんじゃない？　だって『パーティー』を創刊したのは伝説の編集者である宝井元編集長本人なんだし。

しかも幼いころのあたしに虹色《にじいろ》の万年筆をくれ、その時に『パーティー』を作ればいいと言ったのも宝井元編集長なんだから。

あたしがちょっと間違《まちが》えたって、きっと雑誌の復刊企画を通してくれるはず!!

この本会議もらったああっ！

あたしは勝利を確信し、思ずグッと拳《こぶし》をにぎりしめる。

あたしだけじゃない。編集部のみんなもおんなじ顔をしていた。

「『パーティー』は伝説の雑誌です。それを復刊させるための企画です」

「まず一番の目玉は人気Vチューバー美肌殿下《びはだでんか》さんの小説です」

会議室の一部の編集者から「おー」という声があがるが、美肌殿下さんを知らない人が多いのか、いまいち盛り上がらない。

「以上です」

あたしは少し動揺《どうよう》しながらも、みんなで決めた企画について話し終わった。

「そもそも、この雑誌って誰《だれ》に向けて作ってるの？」

と、宝井元編集長が突《つ》き放すような声でそう尋《たず》ねてくる。

「たくさんの人に読んで欲しいので、老若男女《ろうにゃくなんにょ》、日本中のみんなです！」

クスクスと笑いが起きる。

くわっ。感じわるっ。あたし、ヘンなこと言った⁉

「……この件はある人から『パーティー』を作るチャンスを与《あた》えてほしいって頭を下げられてね。君たちの作る『パーティー』に興味があったから見てみようかなと思ったけど、こんな状態じゃ話にならないな」

話にならない⁉　今、話にならないと仰《おっしゃ》いました⁉

「話にならないのは、そっちが古い考えのおっさんになったからじゃないですか！」

その場にいた大人たちが「ギャー！」と声にならない悲鳴を上げる。

「たしかにね。美肌殿下さんと言われても、僕はまったくワクワクしない」

美肌殿下さんも知らないなんて古すぎるよ。宝井元編集長が知らなすぎるだけじゃない⁉

そう思ったのが顔に出たのか、宝井元編集長はわざとらしいほど大きなため息をついた。

「その人物を知らない読者にも、話にならないと言うつもりかい？」

「それは……」

あたしはグッと言葉につまって黙《だま》り込む。

「そんな甘い認識なら、議論する価値もない」

「それってどういう——」

「どうもこうも、『パーティー』復刊はなしだ」

「なんで！　あの人は来月出し直しって言われたのに、なんであたしは復刊ナシなんですか！」

「読者のことも自分のことも見えてないし、見ようとしていない。このままじゃ来月もムリだ」

ぬわんですってええええええええっ！

「本日の本会議はここまで。会議を通過した企画は発売日を遵守《じゅんしゅ》するように。以上」

「ちょっと待ってええええええええっ。憧《あこが》れの宝井元編集長に古いとかおっさんとか言ってしまったのはあやまります。必ず次は改善した企画を持ってきますので、もう一度チャンスを頂けないでしょうか⁉」

「おいおいおっさんって……火に油ぶちまけてどうすんだよ」

あわてて見上げると、いつでも涼《すず》しい笑《え》みを浮《う》かべているイメージだった宝井元編集長の顔がひきつっている。

「と、とにかく！　お願いします‼」

「わかった。まあ僕をやる気にさせてみなよ。でもわかってる？　次が最後だってことを」

「さ……最後⁉」

「それはちょっと横暴すぎねーか⁉」

宝井元編集長の言葉に、カレンさんとエンマがたまりかねたように口を開いた。

「驚いたな。この編集部のメンバーはそんな覚悟《かくご》もなく次の企画会議に臨もうとしてたのかい？」

「──ご冗談《じょうだん》を。ゆのさんだけでなく、私たちはいつでも真剣《しんけん》です」

しおりちゃんは、まっすぐ宝井元編集長の目を見つめながらそう告げる。

気丈《きじょう》に告げるしおりちゃんの手が震《ふる》えているのが見えて、あたしはそっとその手に触《ふ》れた。

「次で決まるよう全員で考え直します。だからもう一度お願いします！」

宝井元編集長に勢いよく頭を下げると、みんなも、あたしに続くように頭を下げてる気配がした。

「君たちの真剣さはわかった。ならば、君たちが企画を通せないなら、永久に『パーティー』は復刊しないことにしよう。いいね」

宝井元編集長は死刑宣告を告げるような口ぶりで、そう告げた。

「おいおい、それってどういう意味だよ⁉」

たまらずに叫《さけ》んだエンマに向かい、宝井元編集長はニッコリとほほ笑む。

「言葉通りの意味だよ。覚悟が決まっているなら、何も問題ないいんじゃないかな？」

「──てめぇ」

ギャー！　エンマの殺気のこもった低い声！

これ本気で怒《おこ》っていらっしゃる！

「はいっ。問題ありません。――チャンスをありがとうございました」

　あたしはこれ以上二人が険悪にならないよう、あわててそう言い頭を下げた。

　ううう。マウンドに立った途端《とたん》、フルボッコにされたような気分！

　こうして最初の本会議はあたしたちの完全敗北で終わり、あたしの最後の雑誌作りは、不安しかないスタートを切ったのでありました。

## Character Profile

名前
宝井秀人《たからいひでと》

誕生日　1月29日
星座　水瓶座
身長　161cm
血液型　O型
家族　息子

★好きなもの
ヒミツ
（「言わなくてもわかるでしょ」だって！）

★嫌いなもの
ヒミツ

★最近あったエピソード
ヒミツ

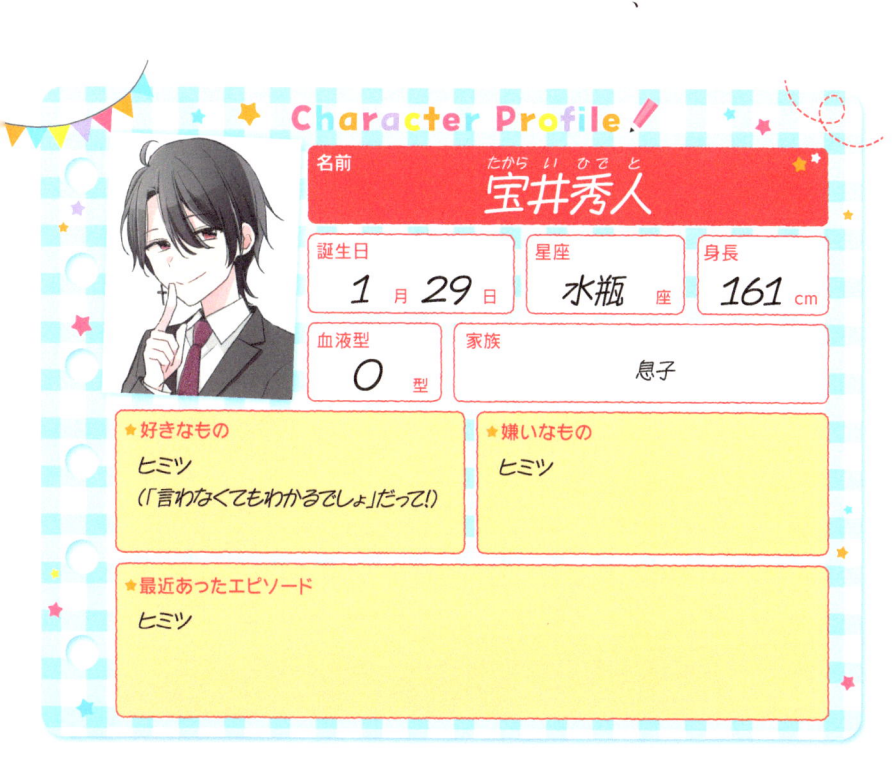

# 7 あきらめたくない！

ギー！　くやしい！　くやしすぎる！

どうしてあんな意地悪するのよおおおおおおおお！

しかも何で落とされるのか全然わかんないんだけど！

「宝井《たからい》元編集長だって絶対に出したいはずなのに――ん？」

会議室を出た先にある、自動販売機《じどうはんばいき》のつり銭入れの中をのぞきこむヘンなおじいちゃんがいるんだけどっ。

「あの？　何してるんですか？」

「副業じゃ。副業」

取り忘れらしい小銭を見せて、「ほれ臨時収入」と言いながらおじいちゃんはニコリと笑った。

「臨時収入って……忘れ物ですよね？　勝手に使っちゃっていいんですか⁉」

あたしがおじいちゃんに向かってそう言うと、おじいちゃんは無言で貼《は》り紙を指さした。

えーっと。なになに。

『取り忘れの小銭は、おじいがおいしく使わせて頂きます』と書いてあるではないですか。

「わわっ。ぬかりない！」

「大事なことじゃからな。今日は小銭たくさん集まったから、お嬢《じょう》さんにもごちそうしよう」

「えーっ。いいんですか⁉　それじゃあココアでもいいですか？」

いいのかなと思ったんだけど、あたしは自動販売機の中のココアを指さしながら、そう告げた。

「どうぞ」

「ありがとうございます。うまっ」

おじいちゃんに手渡《てわた》されたココアは、トゲトゲしていたあたしの心をほぐしてくれた。

「おじーちゃん本業は何ですか？」

「まぁ、何でも屋かの。今は掃除《そうじ》してる」

掃除のおじいちゃんか。こんなお年でえらいなぁ。

あたしなんか生まれた時からずーっと汚部屋《おべや》の住人だもんなー。（えばるなって⁉）

「掃除をすると良いこともあるんじゃよ」

「どんなことですか？」

「俯瞰《ふかん》で物事を見ることができるんじゃ」

「俯瞰？　えーっとたしか、物事をより広い視点でとらえるというアレ？」

「それじゃそれじゃ」

ずずっとお茶を飲みながらおじいちゃんは笑う。

「あたしも掃除をすれば、そのスキルが身につくのかな」

もはやそんな余裕《よゆう》はないように思われるが……。

「お嬢さんは頑張《がんば》りたいことがあるのかい？」

「うん、あたしは『パーティー』っていう雑誌を絶対復刊させたいんだ!!」

「会社を見てまわったらどうじゃ」

会社を見ると何かがわかるのかな？

「決裁者をその気にさせるというのは、大人をその気にさせるということだ。どんな大人がいてどんな想《おも》いで仕事をしているか見ない事にはわからないじゃろ」

おじいちゃんはずずっとお茶をすすりながらそう言う。

なるほど、そういうことか――って！

「おじーちゃん、会議室にいたの!?」

緊張《きんちょう》していたせいか、まったく気づかなかったよー！

「いたいた。すぐ近くにおったぞ」

えええええええっ。そうなの!?　存在感なさすぎだよ――っ！

「誰《だれ》にも気づかれないくらい存在感が消せたとしても、会議室に勝手に入っちゃダメじゃない!?」

「掃除してたから問題ない」

えーっ。問題ありありだと思うけど！

「大変だ！　編集部の人たちがバタバタ倒《たお》れてるぞー！」

「食中毒か!?　まさかあの編集部にあったおやつが原因か？」

フロアにいた編集者さんたちがあわてた声で騒《さわ》いでいる。

ええええっ。なんだか殺伐《さつばつ》としてるけど大丈夫《だいじょうぶ》かな。

え？　編集部のおやつを食べたくせに、なんでそんなに他人事《ひとごと》なのかって？

あたし1週間経《た》ったパンを食べてもおなかを壊《こわ》さなかったくらい丈夫《じょうぶ》だから大丈夫！

「ちょっと邪魔《じゃま》だからどいて！」

「すみません！」

ギャ！　野次馬してたら怒《おこ》られちゃった！

「って、もうこんな時間！　おじーちゃん、ごちそうさまでした！」

おじいちゃんにペコリとお辞儀《じぎ》をすると、あたしは急いで自分たちの部屋に戻《もど》ったんだ。


「ただいま戻ったよー。ひえっ」

部室にたちこめる異様な雰囲気《ふんいき》に、思わず悲鳴をあげてしまう。

「しおりちゃん、このおびただしい数のブードゥー人形はなに？」

ざっと見ただけでも20体近くあるんですが……。

「宝井元編集長を呪《のろ》おうと思いまして、さっきの会議室に落ちていた髪《かみ》の毛をかたっぱしからブードゥー人形にこめてるんです」

げ。さっき編集部で起きてた原因不明の腹痛の正体ってそれでは⁉

「ダメダメダメ！　無差別呪詛《じゅそ》。ダメ絶対！」

「黒崎《くろさき》の父親だぜ？　髪の毛なんか落とすようなへましねーんじゃねーの」

「……たしかに。無念ですが、エンマ君の仰《おっしゃ》る通りですね」

「それから黒崎って親父《おやじ》と仲悪かったよな？」

エンマからたずねられる。

「うん。めちゃくちゃ嫌《きら》ってた時期もあったけど――なんで？」

「黒崎から聞き出した情報で社会的に抹殺《まっさつ》してやろーかと思ったんだけど、くそ。さすがにガードが堅《かた》いな」

しおりちゃんとエンマの本気を感じ、あたしは二人に向かって手を合わせた。

「わー！　気持ちはわかるけど、呪いも社会的抹殺も王子のパパだしカンベンしてあげてー！」

「呪うのが無理なら正攻法《せいこうほう》でいくしかないですね。ゆのさんは言われっぱなしでくやしくないんですか？」

「そんなことねーぞ、飛びかかろうとしてたよな？」

ギャ。エンマってば、見なくていいところまで見てんだから。

「オマエさ。今でもやっぱり勝負パンツはいちごパンツなんだな？　暴れると見えるぞ」

「そ……そんなことないよ！」

「図星って顔に書いてある」

ひいいいいいいいいいいいいいっ。おそろしい！

「なんでそんな情報持ってるの!?」

「見えてたからに決まってんだろ」

ひえええええっ。見えてたっていつ⁉

シレッと表情を変えずに答えるエンマを見て、「ウソだよね⁉」と何度も問いかけるが、返事はなし。

うおおおっ、冗談《じょうだん》であってくれー！（祈）

「そーいえばカレンさんは静かね」

「そりゃー。愛《いと》しのカケルがいるからだろ。会議室の後ろのすみにいるの見つけた瞬間《しゅんかん》、誰かさんの目がハートになってたもんな」

「！」

「色気づいてますね」

「仕方ないじゃない！　最近あのクソ野郎《やろう》、ぜんぜん会ってくれないんだから」

「そういえば小春《こはる》さんは？」

「うちらの企画《きかく》がヤバいから呼びだされて怒られてるんじゃない？」

「何がそんなに悪かったの？　せっかく人が出した企画をよく知りもしないのに落とすなんて、信じられなくない？」

「信じられないのは、いきなり関係ない部署の人間の企画に口を出すオマエだあああああっ！」

「みんな、ごくろうさま」

エンマが叫《さけ》んだと同時にドアが開き、女性がすっと現れた。

げ！　小春さん⁉

なんかいっきに老《ふ》け込んでいらっしゃいますが、気のせいでしょうか⁉

「あたしのせいですみません……」

小春さんは、あたしがまだ納得《なっとく》いっていない事に気づいていたみたいで……。

ポンとあたしの背中をたたいたあと、ほほ笑《え》みながら口を開いた。

「ねえ、みんな。毎月日本で新刊って何冊出ると思う？」

あたしたちは顔を見合わせる。

「毎月１５０冊くらいとか？」

「いやいや。マンガも入れたら３００はいくんじゃないか？」

「でも毎月の話ですよ？」

「現在、日本では毎年７万点もの本が出版されているというデータがあるわ。ということは、ひと月あたり６０００点ね。１日あたりに換算《かんさん》すると２００冊が出版されている計算ってわけ」

ひ―――っ！　い……１日で２００点んんんんんっ⁉

「ね。ビックリするでしょ」

「ビックリするというか……なんか怖《こわ》くなっちゃいます」

「そう。その中で戦っていかなければいけないの。だから本会議はキラリと光る企画であることをアピールしないといけない。**これは大人と大人の真剣《しんけん》勝負なのよ**」

小春さんの言葉を聞き、あたしは考え込んだ。

「そうか。本屋さんで売ってる本を作るためには、そんな過程が必要だったんだ……」

２００点の中でうもれない本を作るって、そんなことあたしにできるのかな？

うがー！　弱気になっちゃいかーんっ！

スーハースーハー。深呼吸をしてから目を閉じる。

頭がグルグルしてくる。あたしたちは何をすればいいんだっけ⁉

宝井元編集長の話ぶりだと、解決しないといけない部分がいくらかありそうだった。

だけど、それが全然思いつかない。

そんなとき、ふと、おじいちゃんの言葉が頭をよぎる。

「あの……。他《ほか》の部署を見学させてもらえませんか？」

「他部署を見学か。それは何のために？」

小春さんのまなざしはかつての保護者のようなものではなく、あたしが一人の大人の編集者として問われているのが伝わってくる聞き方だった。

「部活として雑誌を作っていた時とはぜんぜん違《ちが》うなって思って。新しい企画を考えるためにも、どんな人が同じ出版社で働いているか知りたいんです」

きっとあたしは『何がわかっていないか』ってことすら、わからない。

だから実際に働いている人たちを見て、リアルな本作りを少しでも肌《はだ》で感じた方がいい気がする。

きっとおじいちゃんはそんな事を考えて、アドバイスをくれたんじゃないのかな？

「たしかにな。さすが編集長。オレサマもどいつの情報を握《にぎ》ればいいのかわかるしな」

いやいや。おじいちゃんの案なんだけどね。

ん？　エンマ、あんたなんか物騒《ぶっそう》なこと言った⁉

エンマは聞こえないという顔をしてる。

「わかったわ。他の部署には私から伝えておく。見学していらっしゃい」

と小春さんは笑った。

出版社って、編集者以外の仕事ってどんなのがあるんだろう？

実はそのあたりのことはまったく知らないんだよね。

時間がないから早く新しい企画について考えなきゃと思いつつも、ワクワクしているのは、あたしだけじゃないはずだ。（確信）

# 8 レベルアップするのだ！

角丸書店《かどまるしょてん》は総合出版社。

出版社にいる人が全員編集者ってわけではなく、むしろそれ以外の人たちの方が多く仕事をしているわけで……。

「ここが営業部」

小春《こはる》さんがピッとカードをかざすとロックが開いた。

「厳重なんですね」

「まぁ。うちの会社はどこもそうかな。発売前の大事な資料もあるしね」

「ここはなんだか編集部と雰囲気《ふんいき》がちがいますね」

しおりちゃんの言う通り。どこがちがうんだろう……。

あたしがそう思っていると、カレンさんが「わかった！」と手を打った。

「服装がちがう！　スーツ率が高いんだ！」

言われてみると、スーツを着てる人が多い。

「営業は書店まわりをしたり外へ行ったりすることが多いから。編集部よりもスーツ率が高いかも」

「書店まわり？」

「営業は直接本屋さんに行って、店員さんから本の売れ行きや情報を聞いてくるのよ」

へー！　そうなんだ！

本自体のおもしろさ以外もやっぱり大事ってことだよね。

「――あ。林《はやし》さん。ちょっとこっちへ」

林さんと呼ばれた人は、今まさに書店まわりから戻《もど》ってきたばかりのようだ。

「お疲《つか》れ様。Ａ書店はどんな様子だった？」

「新刊の売り上げが好調で、著者の別の本も追加を頼《たの》みたいそうです」

「あそこは店長が熱烈《ねつれつ》ファンだからなぁ。他に反応良いところはある？」

「この本は一般《いっぱん》書店よりアニメ関連の作品を取り扱《あつか》う専門店の方が動くと思うんですよ。いっそのことかきおろしペーパーとかつけてそっちに置いてもらってみるってどうですかね」

「たしかに。ジャンルは一般文芸だけど、アニメファンとの親和性が高いのよね。他作品のアニメ化も内々《ないない》に決まってるし――あ。今のは聞かなかったことにしてね」

「「「はい！」」」

あたしたちはコクコクとうなずく。

「あの専門書店とか一般書店って何ですか？」

「ここでいう専門書店っていうのは、アニメやマンガに特化したショップのこと。アニメファンが喜ぶ関連グッズもたくさん売っているけど、逆にそれ以外の商品は置いてないわ」

「たとえば料理本とかですか？」

「そう。アニメキャラが料理を再現したレシピ集とかなら置くけど、一般的なものは置かないわ」

なるほど。幅広《はばひろ》くいろんなジャンルの本を置いているのが、一般書店なのか。

でもすごい。ただ売るだけじゃなくて、どこに置けば良いのかも考えるのか。

書店での本の動きやお客さんについて一番近くで見ているのは営業なんだって、あたしは初めて知ったんだ。

「営業と編集は意見が食《く》い違って敵対する時は、呪《のろ》ってやりたくなるくらい憎《にく》いけど、味方になってくれたらこれ以上ないってほど心強いわよ」

「意見が食い違う？」

同じ出版社なのに、敵対ってどういうこと？

「営業は数字がよくないと続きは厳しいってことを伝えなきゃいけないから。でも編集サイドはそれでも出したいってなることもあるでしょ」

ひーっ！　そんなおそろしい攻防《こうぼう》が繰《く》り広げられてるのか！

なんだかんだ作家として仕事を続けているうちのママって、実はけっこうスゴイのかも。

小春さんたちの話を聞きながら、あたしは初めてそんなことを思った。

「あなたたちが発表してたさっきの会議、私も出席してたの。やー。最近とくに雑誌を売るのが難しいのよね」

そう言うと、林さんはふうっとため息をつく。

「だから私も期待してる。あなたたちみたいな新しい感性を持つ若者が作る雑誌に」

「え？」

「私、ワクワクすること大好きなの。だから企画《きかく》が通ったら一緒《いっしょ》におもしろいことしようね」

「はいっ！」

ちゃんと味方になってくれる人もいる。うれしいよー！

「荷物をお届けに来ましたー」

そう言いながら深めに帽子《ぼうし》をかぶった男性が、台車をおしながら本が積まれたスペースに向かう。

なんかあのシルエットって――。もう一度振《ふ》り返ると男性は消えている。

「あら？　さっきの子はどこに行っちゃったのかしら。見本誌は編集部にも届けなきゃいけないのに」

見本誌⁉

見本誌といったらまだ発売前の、作り立てほやほやの雑誌ということではないですか！

発売前に読めちゃうなんて、ここは天国なの？

「あのっ！　良かったらあたしたちが編集部に届けに行ってもいいですか」

「いいわよ。他の編集部の様子も見てくるといいわ」

あたしは、小春さんの返答に大きく頭を下げた。

「見本届きましたー」

その言葉にギラッと目を血走らせた編集者たちが見本に向かって駆《か》け寄ってくる。

「ちょっと貸して！」

鬼《おに》のような形相で届きたての雑誌を見る編集者の皆《みな》さまには、異様な緊張感《きんちょうかん》があった。

「良かった……ちゃんと直してた。助かったー」

「ぎゃあああああああああああああああああああああああああああああ」

確認《かくにん》しながら安堵《あんど》のため息をつく人、届きたての本に何か見つけたくないものを発見してしまったかの悲鳴をあげる人、そっと本を閉じて何かを考えこむ人など、さまざまだ。

「校了《こうりょう》の時ってテンションおかしくなっちゃってるから、自分を信用できなくなるんだよな」

「そうそう。なんでコレをって間違《まちが》いを見落としたりね。見落とすことで世間に間違ったことを伝えるのはダメなわけよ。読者さんの期待を裏切ることにもなるからさ」

近くにいた編集部のスタッフさんが苦笑《くしょう》しながら、あたしに向かってそう告げる。

うおおおっ。人の話でも聞いただけでお腹が痛い。

あの頃《ころ》は、「殺されるー！」って思ったけど、灰塚先輩《はいづかせんぱい》や王子がきちんとチェックしてくれていたからこそ、大きな失敗なく雑誌が作れていたんだろうな。本当に大感謝だよ！

今回もあの二人がいてくれたらいいんだけど……。とにかく今は自分たちで頑張《がんば》るしかない！

あたしたちは本屋さんに並ぶ前の本だってのんきに喜んでたけど、プロにとってはエンマ様の判決待ちみたいな時間なのかもなぁ。

あたしは皆さまの平穏《へいおん》を願って、そっと心の中で手を合わせてた。

いろんな人たちが本を出すために頑張ってくださっているんだなー。

「まだまだ他《ほか》にも色々部署があるけど、見てみる?」

「なんか回ってるだけで終わっちゃいそうなのでここまでにします。ありがとうございました！」

本を作るって、本当に大変なんだ。

仕事の内容はみんな違うけれど、それぞれがそのジャンルのプロとして必死に本を読者に届けようとしてるんだな。

「大人をその気にさせる企画を出すってこういうことなのかってわかった気がする。どうすればいいかまではわからないけど」

「はあっ⁉ わかっただけじゃ、意味ないじゃない」

あきれたような声を出すカレンさんに向かい、あたしは「そんなことないよ」と告げた。

「どこがわからなかったのかに気づけただけでもちょっと前進じゃない？」

「でた。超《ちょう》ポジティブ」

「ちょっとエンマ‼ 人をバカにしてない⁉」

「いや。マジでそーゆーのは大事だなって思ったんだって」

本当かなぁ。なんか面白《おもしろ》がってるように聞こえるんですけどっ。

「私もゆのさんのポジティブなところが好きです。ですが時間がありません。ゆのさんはこれからどうするつもりですか」

うっ。そ……それは……。

すぐに案が出ずに、あたしは押し黙《だま》る。

いつもだったらそれでも「大丈夫《だいじょうぶ》！」「何とかなる！」と笑ってみんなに告げるところなのに。

**編集長のくせに、今のあたしはみんなをはげますことさえできなかったんだ。**

# 9 やっぱりムリなの!?

くたくたになりながら、ようやく家にたどりついた。

しばらく引きこもっていたあたしからすると、本当に大変な1日だった。

ワクワクしたりガッカリしたりヒヤッとしたり。

遊園地なんかより、もっともーっとスリリングだよ！

「復刊……むりなのかなぁ」

「なーに、ゆのちゃんらしくないこと言ってんの」

「ハルちゃん」

「寝《ね》ちゃいなさい。それからこれ元気になるお菓子《かし》。これ食べて寝てイヤなことはとっとと忘れる！」

そう言ってハルちゃんは、あたしの口にポンとチョコを放《ほう》り込む。

ううっ、ハルちゃんはいつもやさしいよー！（感動）

「うちの先生のためにも、部屋にもっていって全部食べちゃって？」

ママのため？

「これ食べて寝ちゃったら、原稿《げんこう》が落ちるから本当に。原稿が上がるまで絶対に寝かせるもんですかあああっ！」

ひいいっ、ここには働き方改革はないのーっ！

まあ。〆切《しめきり》に上げないママが100％悪いので、あたしは擁護《ようご》できないんだけどさ。（親不孝な娘《むすめ》でごめん！）

「毎日3枚ずつでも描《か》いてくれたらいいんだけどね」

夏休みの宿題みたいなもんだよね。できるかできないかと言われたら、あたしもできない。（涙）

「ありがとう」

もらったチョコの箱を握《にぎ》りしめる。

楽しいという気持ちと不安な気持ち。

やっぱり好きだと思うほど、これ以上好きにならないようにしなきゃと思う。

だって……。あたしが雑誌を作ることで、誰《だれ》かに重大な迷惑《めいわく》をかけるわけにはいかないもの。

「あたし……どうしたらいいんだろう」

無邪気《むじゃき》に作っていた頃《ころ》がなつかしい。

なーんて思ってしまう自分が、ちょっとだけ本物の編集者に近づいたみたいで嬉《うれ》しかったんだ。

「って、ハルちゃんにもらったチョコレート。高そう！　これ絶対にとっておきだわ」

色々言ってたけど、心配して買ってきてくれたのかな。

チョコレートを1粒《つぶ》つまみ口に放り込むと、甘い香《かお》りがした。

ベランダの窓をあけると、冷たい風が心地《ここち》よい。

心がふわりとほどけるのがわかる。

「これを食べたら寝よう」

ハルちゃんが言ってた通り、不安な気持ちの時は寝るのが一番だもんね！

あたしはそう思いながらも、スマホの電源を入れて着信を確認《かくにん》する。

王子からの着信はなし。

「も〜〜っ！　今日も連絡《れんらく》してこないってどういうこと⁉」

前に二人でデートしたのはテーマパークだった。

王子がいやがりつつもお揃《そろ》いの帽子《ぼうし》をかぶって、ずっと手をつないで過ごしたっけ。

チョコレートの甘さとのギャップに、スンと悲しくなる。

「もしかして王子ってば、あたしに飽《あ》きちゃった⁉　キスとかいっぱいしたくせに音信不通なんて最低すぎない⁉　結婚《けっこん》しようとか言ってたくせにっ。これがウワサのロマンス詐欺《さぎ》⁉」

うわーん。王子が詐欺師になってしまった！

「ベランダで騒《さわ》ぐな。近所迷惑《きんじょめいわく》。しかも誤解を招くような発言を大声で」

そんなー。人が感傷にひたってるのにヒドイ。

ん？　ちょ……ちょっと待って。今の声って……。

「お……王子⁉　どおおおおおして、ここに⁉」

絶対に忘れるはずもない。

いつもいつも頭の中で繰《く》り返し再生している王子の声だもの！

「ちょっと待ってて！　今、行くから！」

急いで部屋を飛び出して、となりにある王子の家に行けばいいってわかっているけれど。

1秒でも早く王子を捕《つか》まえないと消えてしまう気がして……。

ベランダによじ登ろうと身を乗り出すと、グラリと体勢をくずす。

ギャー！　危ない！　落ちたら転落事故!?

そう思った瞬間《しゅんかん》、「危ない！」と言う声とともに、ベランダを飛び越《こ》えてくる人影《ひとかげ》があった。

ドスン！　と勢いよく尻《しり》もちをついたが、落下した衝撃《しょうげき》はない。

おそるおそる目を開き、あたしは信じられないものを見る気持ちで凝視《ぎょうし》した。

そこには――ずっと会いたかった王子がいた。

「王子だー！　わーん」

あたしは、転がる子犬のような勢いで、起き上がろうとする王子に飛びついたのだった。


「いててて。あいかわらず暴走機関車みたいだな」

勢いよく飛びつかれ、再び後ろにたおれた王子は、頭をさすりながら起き上がる。

「すみません……」

「顔赤いぞ？――もしかしてそのお菓子、ブランデーチョコじゃないか？」

王子の言う通り、自分の頬《ほお》が熱くなっているのがわかる。

「おいひぃよ⁉」

「香りづけ程度だろうけど、チョコで酔《よ》うなよ」

「って、そんなことより！　王子なの？　本当に？」

キラキラキラ。

さらさらの黒髪《くろかみ》にクッキリとしたアーモンド形の瞳《ひとみ》、形の良い薄《うす》い唇《くちびる》。

細くて長い首筋からは、良い匂《にお》いすら漂《ただよ》ってきていて。王子が光って見えるよ！

「うっ」

「──なんだよ」

顔をしかめて目をそらすあたしに、王子はあきれたような声を出す。

「王子がまぶしすぎて直視できない！」

「それは……俺も同じだけど」

「あたし⁉　まぶしい⁉　まさか10円ハゲとかできてる？」

仕事のストレス⁉

「大丈夫《だいじょうぶ》だよ」

王子は目を合わさないまま、そう言う。

なんだか現実味がなくて、あたしは王子の右手を手に取ると、自分の頬にあてた。

「王子の手、冷たくて気持ちいいね。王子、あたし今『パーティー』作ってるんだよ」

「そうだな」

あ。これ……夢だ。

何だかフワフワとして、夢か現実かわからないなって思っていたけれど、こんな都合の良いことあるはずないもの。

そっかぁ、さすが夢！　あたしのこと、なんでもお見通しみたい！

「なんか昔の自分の方がちゃんと編集長できてた気がする……」

夢なのだと思うと、ずっと心の中に押し込めていた不安が唇からこぼれ落ちる。

「きっとこんな時でも不安なんか感じずにさ。編集部のみんなにガンガンいこー！　って言ってたと思うもん。昔だったらガーッと勢いでいけたのに」

「それは成長なんじゃないの？」

成長⁉　どこが？

「病気もさ。悪いってことを本人が自覚するところからはじまるんだ。そうしないと治療《ちりょう》がはじめられないから」

「そうなんだ」

「不安って思うことは、ちゃんと原因と向き合ってるからこそだろ？」

「本当にそうなのかな……。自分じゃ全然わからない。うまくいく気がしないよ……」

思わず不安な気持ちが口からこぼれ落ちる。

**「逆にゆのよりも『パーティー』が好きで、『パーティー』って雑誌を復刊させて読者を楽しませたいって気持ちが強い奴《やつ》、ほかにいるのか？」**

王子にまじめな顔でたずねられ、あたしは「いないと思う」と小さな声でつぶやいた。

「いろいろ足りないことは多いけど、誰よりも『パーティー』を愛してるって気持ちは、あたしが絶対に一番だと思う。そこだけは——負けない自信がある」

「だろ。その気持ちがあれば、絶対に大丈夫だって俺は思うけど」

「でもそこだけだよ⁉　王子はそれでいいって言うの？」

「それがなければ、何もはじまらないだろ。もっと自信を持てよ。編集長」

ポンと背中をおされ、何だか胸のつかえがとれたような気がした。

「ありがとう。なんか……ちょっとできる気がしてきた」

ピンチの時にきてくれるのは昔から変わらない。

王子が本物の王子様に見えてくるよ！

「知ってる？　宝井元《たからい》編集長がなんかえらくなって、企画《きかく》の決裁してるんだよ!?」

「アイツ……。何やってるのかと思ったら、そんなことしてたのか。まあ驚《おどろ》きはしないけど」

王子は宝井元編集長のことを口にする時は、ものすご――――くイヤそうな顔をする。

自分のお父さんなのに。（いや、だからこそなのか）

ふだんはポーカーフェイスなのに、急に子どもの頃に戻《もど》ったような顔をするから、あたしはクスクスと笑ってしまった。

なかなか姿を現さなかったくせに、宝井元編集長が絡《から》んできたから、我慢《がまん》できなくなって出てきてくれたのかな。そうだとしたら、いかにも父親ギライな王子らしい理由だ。

「――なんだよ」

「なんでもない。でも聞いてよ！　宝井元編集長が企画を通してくれないから、エンマは社会的に、しおりちゃんはこの世界から消すって言ってるんだよ!?」

「大丈夫。大丈夫。アイツはそう簡単に死なないから」

そう言いながら、王子はさりげなくあたしの肩《かた》に上着をかけた。

「暑いからいらないよー」

かけてくれた上着を王子に返すと、

「そーゆー薄着でウロウロするな」

と、王子はたしなめるような声でそう言った。

「えー！　王子しかいないんだからいいじゃん。それとも十二単《じゅうにひとえ》でも着ろって言うの」

「そのくらい着てもらえると安心なんだけどな」

ガーン！　そんな暑くて重い衣装を着るなんて耐《た》えられない。

「王子は薄着でウロウロするだらしない奴は彼女にふさわしくないって言うの？」

今までだってずっとこんな格好してたのに！

「それに前は隙《すき》あらばキスしてきたのに。なんでしないの？」

「――そうやって無防備にグイグイくるからダメなんだよ」

はああああっ⁉　会えないのをあたしのせいにするの？

「急にダメになるなんてなんかヘンじゃない！　あたしは王子が裸《はだか》でウロウロしてたって、別に全然困らないよ？」

「――」

あきれ果てたのか、王子はあんぐりと口を開けた。

その表情を見て、あたしは「ぷっ」と笑う。

「そりゃそうだよ。だって王子だよ？　王子の裸なんかすんごい小さい時に何度も見てるし。かぼちゃと一緒《いっしょ》だって」

「――へえ。じゃあ、見てみる？」

「へ？　うわああああああ！」

上着に手をかけると、王子のほどよく鍛《きた》えられたお腹《なか》がチラリと見える。

「ダメ！　やっぱりダメ！」

ひゃー！　ビックリしてへんな汗《あせ》まで出てきたよー！

「なんで？　かぼちゃなんだろ」

「かかかかか……かぼちゃなんだけど」

だけど、何かあたしが思っていたのと違《ちが》って、男の人って感じだった。

「わかったか。お・こ・さ・ま」

ムッ。

「おこさまじゃないよ。あたしからキスだってできるし」

王子にからかわれたのがくやしくて、あたしは言い返す。

「――頼《たの》むからそういう事言うなって。それともおまえがしたいんじゃないか？」

「そうだけど？　王子はちがうの？」

はっ。もしかして本当にあきちゃったとか⁉

記憶《きおく》がないけど、幼馴染《おさななじみ》だからものすごく小さい頃にもキスだってしてるかも知れないし。そう思うと不安になってきて、あたしはおそるおそる王子に聞いてみる。

「いっぱいしたから、もうあきちゃった？」

「んなわけあるか。あきるとか――絶対ないし。今だって――したいし」

なぜか王子は怒《おこ》ったような口調でそう言うとプイッと顔をそむける。

もー、王子が何考えてるのか全然わからないよ。

「したいなら問題ないじゃん。どう、今すぐチュチュッとしてみる？」

「アホたれっ！　何がチュチュッとだ――――っ！」

えええええええええええええええええ？　なんでよおおおおおおおおおお！

「そーゆーところ自覚してくれないと、会えないんだって」

「自覚って言われても具体的に何をすればいいのさ」

「無防備に誘《さそ》ってくるな」

はああっ。あたしそんなハレンチなことしないし！

「別にキスくらい何回したって大丈――」

それ以上は、もう言葉が続けられなくなる。

「ゆのを大事にしたいから。――もう少し待ってて」

いっぱい大事にしてもらっているから大丈夫って言いたいけれど、王子の顔が今まで見たこともないくらい真剣《しんけん》だから――。あたしは「わかった」とうなずいた。

王子の声を聞いたのはそれが最後。

「うひゃあああ！　ゆ……夢!?」

あたりを見回してみるも、シンと静まり返った部屋には、もちろんあたし以外の姿はなく――。

気が付いたら、いつのまにか自分の部屋のベッドで眠《ねむ》っていたみたいだ。

王子が会いに来てくれて、王子と話してたのに……。

あたしってば、王子に会いたすぎて夢にまで登場させちゃったの⁉

ふと自分の唇に触《ふ》れてみると、まだ王子の唇の感触《かんしょく》が残っているような——。

「ひいいいいっ」

思い出してあたしは思わず悲鳴をあげる。

だって、さっきのキス。なんか——すんごかったっ！

なんか今までと違って、——すんごかった。

あ……あたし……あんなハレンチな夢見るなんてっ。自分が怖《こわ》いよ——っ！

クッションを抱《だ》きしめゴロゴロと転げまわる。

でも夢に出てきてくれた王子のおかげで、さっきまでのどんよりと雲がかかったような心の空模様に、少しだけ星が見えたような気持ちになったのだった。

## 10

# 予期せぬところにヒントあり⁉

「それでは。編集会議をはじめます！」

よしっ。見てろよ。宝《たから》井《い》元編集長！

今度こそ『企《き》画《かく》ＯＫ』って言わせてやるんだから！　（メラメラ）

その日からフロアのはじっこにあるパーティションで仕切られた打ち合わせスペースが、あたしたちの編集部となった。

「企画を通すには課題があるみたいだったよね。他《ほか》の部署も見たけど、何か思いついた人いる？」

「人に聞く前に自分はどうなんだよ、編集長」

八《や》重《え》歯《ば》をのぞかせて挑戦《ちょうせん》的にほほ笑《え》むエンマに、あたしはウッと言葉につまる。

「ゆのさんをいじめないでください。そんなエンマ君は何か思いついたんですか？」

「あー、楽勝楽勝」

「まーた適当なこと言って。アンタがわかるわけないでしょ⁉」

腕《うで》組《ぐ》みしたカレンさんにそう言われ、エンマはムッとした顔をする。

たしかにカレンさんの言葉はキツイけど、エンマってば会議中に時々スマホ見てなかった？

どのくらいちゃんと聞いてたのか疑問だよ。

「いい案だったらハグでもしてくれんのかよ」

「そんなの10回でも20回でも、いくらでもかかってこいだよ！」

「けけけ、言ったな。じゃあ。オレサマが教えてやる。読者を見ろって話はしてただろ」

「そんな話してたっけ？」

「たしかに、アンタが全員に向けて作るって言ったら空気が悪くなったよね」

でも『パーティー』は誰《だれ》でも読める雑誌にしたい！

だって『パーティー』は誰でも笑顔《えがお》になるおひさまみたいな雑誌だもの。

「エンマ、読者を見るってどういうことなの？」

「それは――」

まじめな顔をして語り始めるエンマに、ゴクリとつばをのみ続きを待つ。

「オレサマが知るわけねーだろ」

ズコッ！

「紛《まぎ》らわしいわね！　わかんないくせに、なんでもったいぶった言い方したのよ！」

「どんな言い方したってオレサマの勝手だろうが！」

「はあっ⁉　今はそーゆー状況《じょうきょう》じゃないの！　この大馬鹿《おおばか》不良猫《ねこ》！」

「なんだとおおっ、厚化粧《あつげしょう》！」

「はああっ⁉　あたしの完璧《かんぺき》なナチュラルメイクにケチつける気⁉」

エンマの言葉に、カレンさんは目をつりあげて激怒《げきど》する。

「ナチュラルな厚塗《あつぬ》りお化けってことか」

「キーッ！　ぬわんですってえええええっ！」

ギャー！　エンマとカレンさんがケンカをはじめちゃったよー！（涙）

でもカレンさんの言う通り、あたしもエンマの続きの言葉に今後の答えがあると思ったのに。めっちゃ期待して損したよ！

「ケンカはやめてください。エンマ君は重要な情報を集めることはできても、それ以外はできないということでよろしいですか？」

「ああ。重要な情報を集めることに関してはオレサマにかなうやつはいねーぜ」

得意気にうなずくエンマを見て、しおりちゃんはほほ笑む。

「なるほど。つまり――お馬鹿さんということですね」

「はああああっ。なんだとおおおおっ⁉」

いつもは冷静なしおりちゃんまでもが参戦しちゃったよ！　どどどど、どうしようーっ！（白目）

「お疲《つか》れさまでーす。失礼します」

あたしたちが反応する間もなく、ドスドスという乱暴な足音と共にこちらに人が入ってくる。

「余った雑誌の付録をここに置けると聞いたので、届けに来ましたー」

そう言うと、スタッフの男の子が、問答無用で大量の荷物をのせたカートを部屋の中に入れてくる。

ちょっ。ちょっと待って！

余った付録って……それ全部うううっ!?

天井《てんじょう》に届くくらい詰《つ》まれた荷物の山を見て、あたしはあんぐりと口を開ける。

「あの、まちがえてませんか!?　ここは一応『パーティー編集部（仮）』です！」

「あー。やっぱりここだ。じゃあ。置いていきまーす」

ドドドドドド――――っ。

「「ひいいいいいいいいっ」」

雪崩《なだれ》のような大量の余った付録の山にうもれ、ケンカは一時中断となった。


「ちょっと。これどうするのよ！　ほとんど床《ゆか》が見えないじゃない！」

うんざりした顔でカレンさんが雑誌の付録の山を指さす。

「あ！　これ『ニコルル』の付録だ！」

大量の山の中から1つを手にとり、あたしはビックリして声をあげた。

「マジかよ。どう見たって病院の健康サンダルか、古いお寺の便所サンダルだろ？」

『ニコルル』は10代向けのキラキラしたファッション誌。それにこのプレゼントをつけるなんて、ずれすぎてない⁉

「いやあああっ。許せない！　この震《ふる》えるほどださいサンダルがあの『ニコルル』のプレゼントなんて！」

おしゃれを愛するカレンさんは般若《はんにゃ》のような顔で怒《おこ》りまくる。

「たしかに『ニコルル』の読者向けなんだから、もっと可愛《かわい》い名前やデザインにして欲しいよね」

「そうよ！　あたしだったら『足首ほっそり！　魔法《まほう》のサンダル』ってつけるわ！」

カレンさんが鼻息あらくそう叫《さけ》ぶ。

「その名前良いですね。同じデザインでも、せめてそうすれば、こんなに残らなかったと思います」

「――ねえ、もしかして、あたしたちの課題もそれじゃない⁉」

「なるほど。今のままだと届けたい人にもきちんと届かないってことか」

「いまは雑誌が売れないって言ってましたし、まだ雑誌の面白《おもしろ》さを知らない私たちの世代も多そうです」

「あ！　それじゃあさ、今回の『パーティー』はまだ雑誌の面白さとか楽しさを知らない10、20代をターゲットにするのはどうかな⁉」

そしたらこれからの雑誌業界もさらに盛り上がるかも！

いきなり運びこまれてきた時はどうしようかと思ったけど、だっさい健康サンダル様様だよ！

あたしは余りまくったサンダルの山に向かって手を合わせたのだった。

「1つ糸口はつかめたわね。で？　不良猫、次はなんなのよ」

「自分で考えろ厚化粧」

「はああっ⁉　もう一度それ言ったら締《し》め上げてやるからね！」

エンマの言葉に、カレンさんは目をつりあげて激怒する。

「何回でも言ってやるよ。厚・化・粧」

ギャー！　いまにも戦《いくさ》が始まりそうだよおおっ！

「エンマ様、もう1つお授《さず》け頂けますでしょうか」

「まー、キーワードは『オレサマたちが作る雑誌』ってことじゃねーの。よくわかんねーけど」

「よくわかんないのに、偉《えら》そうに言うんじゃないわよ！」

「あ・つ・げ・しょ・う」

「貞子《さだこ》っ。呪《のろ》って！　コイツを呪ってえええええええええっ」

カレンさんはよよよと泣き崩《くず》れる。

「呪うのは、この会議をちゃんとやっていない人にします。たしかに宝井元編集長は『君たちの作る「パーティー」に興味があった』と仰《おっしゃ》っていましたよね、カレンさん」

「そ……そうね！　たしかに！　営業部の人も何か同じようなこと言ってなかった？」

「「**新しい感性を持つ若者が作る雑誌！**」」

あたし、しおりちゃん、カレンさんは同時に同じ言葉を口にして、「だよね！」と大興奮だ。

「あたしたちらしいってことは、今までとは切り口を変えるってことじゃない？」

「たとえばＳＮＳで呼びかけた参加型の雑誌にしてみてはどうでしょうか？」

しおりちゃんはふと思いついたというように口を開く。

「「参加型の企画ぁ？」」

「はい。むかし『パーティー』を作った時、いろいろな人たちも雑誌を作りはじめましたよね」

そうなの。学生たちの中で雑誌作りがちょっとしたブームになったんだよ！

「それをＳＮＳで大々的に展開してみてはいかがでしょう？」

「読者編集者みたいな？」

「はい。当時『パーティー』を読んでくださっていた方に届くとうれしいですし」

「たしかに！　でも雑誌編集に興味がある人に届くだけじゃ新しくない。『新パーティー』は、全員が参加できる雑誌として刊行する雑誌にできないかな？」

「「全員が参加できる雑誌？」」

「うん。自分も編集者の一員として参加できる雑誌。もしあたしがそんな企画をやってるってわかったら、絶対に絶対に参加しちゃうもん！　楽しくない？」

「「楽しい！」」

一瞬《いっしゅん》、想像してみた３人は、目を輝《かがや》かせながら力強くうなずいてくれる。

「『パーティー編集部』っていうアカウントを作って、部員を募集《ぼしゅう》してみる？」

「よし。ＳＮＳの作成と管理はオレサマがやってやる」

エンマはそう言いながら自分のスマホを取り出した。

「え？　エンマ、そーゆーの得意なの？」

「オレサマより適任な人間はいねーぜ？」

なんか自信満々……というより、凶悪《きょうあく》な顔して笑うのはなぜでしょうか⁉

「わかった。任せた！」

エンマの邪悪《じゃあく》な笑みが気になりつつも、得意なエンマにお願いすることにした。

「最初の記事は、そうだな……日常生活では人に聞きづらいエピソードをまとめた記事とかどうだろう？　質問も受け付けて、あたしたちが答えたりみんなに聞いてみたり！」

あたしたち世代は、人のオススメ情報も知りたいけど、自分のオススメや推《お》しを世の中に広く知って欲しいって思う気持ちも強いと思うから。

「聞きづらいことって、たとえば？」

首をかしげるカレンさんに向かい、あたしは頬《ほお》に指をあてながら考える。

「超《ちょう》たとえばなんだけど！　女子特有のお腹が痛い時、どんな風に対処してるのかとか……男子は？」

いきなり話を振《ふ》られ、エンマはギョッとしたように顔をしかめる。

「急に話を振るな！　まー。そうだな。声変わりとか？」

「声変わり！」

王子も昔はエンジェルボイスの持ち主だったけど、声変わりしてから同一人物と思えないくらい声が低くなってビックリしたもんなぁ。

「ねえ。エンマってどんな声してたの？」

「エンマ君が大好きなお父様にお願いすれば出てきそうじゃないですか？」

「オレサマのことは、どーでもいーだろ！　あとは男女どっちにも当てはまる悩《なや》みも入れておくか？」

ヤケクソ気味に叫ぶエンマの横でカレンさんがニヤリと笑う。

「好きじゃない人に告白されたらどう対処するかとか？」

それを聞いたエンマが、急にゴホゴホと咳《せ》き込む。

「エンマ、どうしたの？」

「こっち見んな。なんでもねぇよ」

エンマってば、なんか変なの。

……って、そんなことより！

「個人的には赤点取って呼び出された時に、親に何て言えば怒《いか》りが少なくなるのか知りたい！」

「アンタって奴《やつ》は……。本っ当、変わらないわね」

カレンさんがそう言いながら、カワイソウな生き物を見るような目で、あたしを見る。

「たしかに学生のライフハック的な感じで色々まとめてみても面白《おもしろ》そうですね」

ふだん人に聞けないエピソードを集めるのは良いけど、それだけだとまだ足りない気がする……。

そう話す横で、カレンさんがカシャカシャ音を立てながら動きまわっている姿が目に入ってきた。

「カレンさん何してるの？」

「せっかくだから写真を撮《と》っておこうと思って。こーゆーのって貴重じゃない？　あ、もちろんアップはしないわよ！」

「ああああああああっ。それじゃない!?」

「それ？」

新しい風を吹《ふ》かせるってやつ！

全員が首をかしげる中、あたしはスマホを取り出す。

「どもども。ここは角丸書店《かどまるしょてん》です。あたしたち『パーティー』作りたいんだけど、鬼《おに》みたいなエライ人に阻《はば》まれて企画通りませんでした。頑張《がんば》りますので、応援《おうえん》よろしく！　あと知恵《ちえ》も欲しくて――」

「――え？　君たち何やってるの？」

スマホで撮影《さつえい》していると、不安そうな顔で隣《となり》の部署にいた編集者さんが近づいてくる。

「動画とってるんです。あ、えーっと、こちらの方はBB《ビービー》文庫《ぶんこ》の編集さんで、担当は――」

「止めろ！　止めろおおおおおおおおお！　データ消せ。絶対にアップするなよ！」

「あ。今、生配信中なんですけど……」

あたしの言葉に、声をかけてきた編集者さん

が金魚のように口をパクパクさせた。

「ちょっと！　今生配信してるって言わなかった⁉」

「はいっ。せっかくだから他の皆《みな》さんも参加してくださいませんか？」

他の編集部の人たちの姿も視聴者《しちょう》は見てみたいだろうし。

「「「「なにやってくれてるんだああああああああ！」」」」

その場にいた大人たちはガタンと席から立ち上がると、いっせいに怒号《どごう》をあげる。

ヒー！　みんな目がマジで怖《こわ》いよおおおっ！

「とにかくフロアからつまみ出せ！」

あたしは首根っこを摑《つか》まれると、フロアの外にたたき出されたのでありました……。

# 11 反撃《はんげき》のチャンス⁉

「いったい何を考えてるんだ――」

「そうよ。資料が映らなかったから良かったけど。非公開の企画《きかく》とかもあるのよ！」

ギャー！　大目玉くらってしまった。

「でも、思い切ったことしたわね。宣伝としては良い方法かも知れないわ」

思い切った？　あたしには、それすら意味がわからない。

あたしたちの世代は、けっこうふつうに配信したり、画像を投稿《とうこう》しちゃうからなー。

「あたしたち大人は突然《とつぜん》生配信したりしない。おっかないもの」

そっか。たしかに気をつけた方がいいから、投稿するにしてもその辺の感覚は大事だよね！

「今サイトにも復刊が本当かって問い合わせが届いてる」

「やった！」

「やったじゃない！」

えっ。怒《おこ》られるの⁉

「私はゆのちゃんたちを応援《おうえん》してる。でもちゃんと他部署とも共有して、みんなで盛り上げていかないとダメなの。わかった？」

小春《こはる》さんの愛あるお説教に、あたしはうなずいた。

「あの、よくテレビでも編集部の取材とかありますよね？　あれはいいんですか？」

そうだ！　あたしもドキュメンタリー番組で観たことある！

「あれは事前に対象になるフロアの人たちにアナウンスしてるのよ」

「アナウンス？」

「何月何日に撮影《さつえい》が入るから、映ったら困るものはすべてしまってくださいってね」

そうか……。まだ出ていない映画のポスターとか貼《は》ってるし。今回はたまたま映ってなかったから良かったけど、映ってたら大問題になってたかも。

「でも悪いことばかりじゃない。最強の武器が手に入った」

最強の武器？

「リアルなアクセス数は実績になる。それはこの雑誌が売れそうだという根拠《こんきょ》になるわけよ。だから特に決裁人は数字が大好きってわけ」

小春さんの言葉に、あたしはハッとする。

「そうか。みんなに参加してもらえる雑誌作りをしてるだけじゃ伝わらない。それがどのくらい拡《ひろ》がっているのかを説明しろってことか！」

だから、何ものでもない0以下のあたしたちにとってSNSの数字は大きな武器になるんだ。

「私は味方だから。絶対に『パーティー』の企画通してね」

「ありがとうございます！」

ちょっと目の前が開けた気がする。

「あっ。早速、質問来てる」

質問のメッセージには『推しにファンレターを書きたいのですが、どんな風に書いていいのかわかりません。アドバイスください！』とある。

これなら、あたしでも答えられる！

あたしはパパッとメッセージを返しスマホを閉じる。

こうして反応もあるし、ちょっとは前進してるはず！

この流れに乗って、絶対に『パーティー』を復刊してやるんだから――！

あたしは改めてそう誓《ちか》うのだった。

# 12 武器を手に!?

「あの……ここは」

ゲホゲホ。ほこりっぽい！

怒《おこ》られたあたしたちはフロアから追い出され、発売した本がたくさん置いてあるおんぼろな資料室をあてがわれた。

「あのフロアはもう出入り禁止ですって」

「あそこで生配信されちゃたまらないってことじゃない？」

「そっか！　じゃあ。ここならいいのか！」

「ちょっ。アンタ！」

「先ほどは怒られた『パーティー復活し隊』です！　配信めっちゃ怒られて、資料室に移動になりました。雑誌出るかな……。それでは」

「オマエ……本当にいい根性《こんじょう》してるな」

しおりちゃん、エンマ、カレンさんが顔を引きつらせる。

「あたし、しーらない」

「見なかったということで」

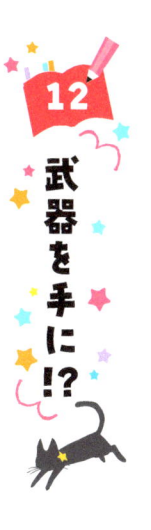

「骨はひろってやる」

ええええええええっ。そんなにヤバかった!?

「でも新しい感覚で雑誌作るってこーゆーことじゃない？」

「予定調和じゃなく、突然《とつぜん》アップっていうのはリアルを求めているオレサマたちのまわりの奴《やつ》ら、好きだよな」

「突然、配信したりしてますもんね」

『パーティー』も、読者も編集者の一人みたいな気持ちで、気軽に企画《きかく》を考えて発信してもらえる雑誌になったら超《ちょう》おもしろいんだけどなぁ。

「SNSを投稿《とうこう》するときにさ。『パーティー編集部』ってハッシュタグをつけたくなるようにできないかな？」

「それってどういうこと？」

「学校とか日常のどこかで鬼《おに》ごっことかダンスとか。『パーティー』のハッシュタグでおもしろいことしてもらうとか！」

おもしろいことをやってるメンバーが『パーティー』編集部の人たちだってわかれば、雑誌にも興味持ってもらえそうだもの！

「人気企画は、雑誌に取り入れたらさらに話題にもなりそうですよね」

くーっ。新しいことを考えるのってワクワクする！

「今の方向でもうちょっと担当の企画をつめてみてさ。あとで全員で打ち合わせない？」

「けけけ。了解《りょうかい》。ってか、オレたちゃっぱり相性バッチリじゃね？　サボりたいタイミング一緒《いっしょ》だもんな」

「あたしはサボりじゃないから！　緊急《きんきゅう》事態なだけ！」

エンマに向かい、あたしはあわててそう言い返す。

「緊急事態ぃ？　それって何だよ」

「それは……」

唇《くちびる》の端《はし》を持ち上げながらたずねてくるエンマに答えようとしたその時——。

ゴオオオオ！

まるで地の底から何かが湧《わ》き上がってくるような音が部屋の中に響《ひび》きわたる。

「な——なんだこのまがまがしい音は！」

「キャー！　地震《じしん》の前触《まえぶ》れじゃないの⁉」

「これは地獄《じごく》の門が開かれる音かも知れません！」

音を聞いたエンマとカレンさんとしおりちゃんは、口々にそう叫《さけ》ぶ。

あたしは真っ赤になりながら「あたしです」と手をあげる。

「だから緊急事態なんだって！　お腹《なか》がすきすぎてもう限界！」

「っておまえの腹の音か⁉　どんな音してんだ」

恥《は》ずかしくはあるけれど、今は恥ずかしい気持ちより、一刻も早く何かを食べたいという欲求《よっきゅう》の方が上だった。

「ちょっと待って？　アンタさっき編集部のお菓子《かし》食べてたわよね？」

カレンさんが言っているのは編集部の入口近くの机にあった『ご自由にお取りください』と書かれた付せんが貼《は》られたお菓子のことだ。

「あんなんじゃ全然足りないんだもん！」

「けっこう取ってなかった⁉　あーゆーのは一人1個にするもんよ」

「カレンさんもさっきお腹鳴ってたでしょ。最後の1個あげようか？」

「あたしの音は『今、脂肪《しぼう》燃やしてます』っていうメロディなの。だからまだ食べなくていいの。燃やしてる最中だから！」

さすが！　『おしゃれはガマン』の人だ！

「うーもう限界！　もうご飯のことしか考えられない！」

お願いだから、いったんご飯行かせてくださいいいいっ！（土下座）

「わかった。そうしましょ。いったん休憩《きゅうけい》ね」

カレンさんの言葉にみんながうなずいたのを確認《かくにん》すると、あたしはお腹を鳴らしながら、ボロ資料室をあとにしたのだった。


えーっと、パンが買える自動販売機《じどうはんばいき》はこっちかな。キョロキョロしていると――。

「――久しぶり」

「ギャー！　カケル君⁉」

カレンさんの恋人《こいびと》の西園寺《さいおんじ》カケル君は、実はその昔、カレンさんについていた幽霊《ゆうれい》だったんだ。

途中《とちゅう》から本体は病院にいて、西園寺会長のお兄さんだってわかったんだよね。

しかもカケル君は伝説の『パーティー』の編集者だったんだよ。世の中せまいよね。

いやー。こうして見るとやっぱり西園寺会長に似てるかも……。

「どう？　はかどってる？」

「はいっ。明日《あした》のあたしたちが何とかします！」

「明日のあたしたちって……。本当に大丈夫《だいじょうぶ》かなぁ」

カケル君はクスクスと笑う。

そのやわらかいほほ笑《え》み方は、昔とそっくりだ。

「大丈夫です！　って言いたいところなんですけど、まだまだ先は長い感じです」

「なつかしいな。ギリギリまでこれ本当に間に合うのかなって思うよね」

「カケル君も⁉」

「そうそう。で、集中して作業してるとあっという間に時間が経《た》つから、お腹がすいてさ。『もうガマンできない！』ってなるんだよね」

そう言いながら、カケル君は自販機からお茶とパンを買い、あたしに手渡《てわた》した。

カケル君の言葉に「そうなんです！」と答える前に、あたしのお腹がグーッと鳴る。

「は……恥ずかしい！　でもこれ、ありがとうございます！」

「腹が減っては戦《いくさ》ができぬって言うからね。それと宝井《たからい》さんのこと、嫌《きら》いにならないであげてね。愛だから」

「うそ！」

「ウソじゃないよ。どんな企画が出てくるかワクワクしてると思うよ」

そうかなぁ？

「じゃー！　なんで落とすんですか」

「それは『パーティー』を最高に面白《おもしろ》い雑誌として復刊させたいからだよ」

「本当ですか⁉」

あたしは食い気味に質問をかぶせたが、「本当本当」とうなずくカケル君の苦笑いにごまかされた気もする。

「それより王子君とは大丈夫？」

ええええええっ。なんで急に王子が出てくるの⁉

あたしはギョッとしてカケル君を見つめた。

「昨日いっしょにご飯食べたんだよね」

はあああああああああああああっ⁉　あたしの前には夢でしか出てこないってのに、何カケル君とはご飯食べてるの⁉

「しばく！　しばく！　会ったらしばく！」

「まあまあ。そんなこと言わないで」

「も……もしかしてあたしのこと何か言ってました？」

カケル君はウソが下手だ。思いきり「そうです」って顔に書いてある。

「みんなが、会えないのはあたしのせいって言うけど全然わからなくて」

「まー。わかってもらいたいけど、本人に直接伝えるってわけにもいかないしなぁ」

カケル君は言いづらそうに下を向きながら、腕《うで》を組む。

「カケル君が教えてください！」

「え？　オレ？」

「そう。王子が言えないならぜひ！」

「やー。うーん。そうだね。大事すぎるから会えないんじゃないかな？」

え？　何が問題なの。意味がわからないんだけど！

「まあオレは気持ちわかるけどね。ものすごく」

「カケル君……カケル君はわかるんですか⁉」

正直、王子の気持ち、全くもってわからないから……。

カケル君の「わかる」って言葉に全力でくいついてしまう。

「王子には大事にしてもらってます。それにあたしだって、王子を大事にしたいです！」

あたしがなりたいなってあこがれるのは、大事な人を守れるヒーローだから。

「うらやましいなぁ。二人みたいに言い合える関係って」

あたしはカケル君の口からふっとこぼれたセリフを聞き逃《のが》さなかった。

「もしかしてカケル君がカレンさんになかなか会いに行かないのもそのせいですか？」

「えっ」

「『大事すぎる』って気持ち、よくわかるって」

「ごめん、待って。今のナシ！」

「ナシって何がナシなんですか？」

「カレンには言わないで」

「大事すぎるって奴をですか？」

「わー！　大人をからかわないでくれる⁉」

「からかってないです！　真剣《しんけん》に悩《なや》んでるんです‼」

本気でお願いすると、ハアッとため息をつく。

「王子君はゆのちゃんが大好きで、ゆのちゃんも王子君が大好きなんだよね」

「はい！　一緒にいると楽しいし、くっついていたいなって思います！」

「あー。それはくっついちゃダメなんだよ」

「なんでですか？」

「大事だからっていうか……」

また出た！　大事問題。

まさか『大事』って単語に振《ふ》り回されることになるなんて、思ってもみなかったよ！

「あ！　もしかしてそれでかな」

「何か心あたりあるの？」

「とにかく今すぐ帰って欲しいって言われたことあります」

そういえば、そこから会ってないんだ！

「へー。どんな時に？」

「今日は宝井元編集長が帰ってこないってわかったから、じゃあ今日は王子の家に泊《と》まってこうかなって言ったら帰されました」

「――黒崎《くろさき》君も大変だな」

なんで⁉　夜通したのしくお菓子食べておしゃべりしたら楽しいのに！

もしかして寝不足《ねぶそく》になっちゃうのがダメとか？

今度会った時には絶対に問い詰《つ》めてやろうと心に決めたのだった。

13

# いざ、真剣《しんけん》勝負！

ついに2度目の勝負！　本会議の日がやってきた。

これで落ちたら、もう二度と『パーティー』の復刊はなくなっちゃう。

それだけは——絶対にさせない！

「では。次——『パーティー編集部（仮）』」

仮って！　改めて聞くとヤバい。心臓がドキドキしてきた。

「まずは企画《きかく》の説明の前に、雑誌の宣伝のため、この会議の模様を配信させてください」

ざわっと会議室の中がどよめく中、宝井《たからい》元編集長は、

「——いきなり配信せず、最初に断りを入れるというのは、少しは成長したのかな」

少しだけ口の端《はし》を持ち上げながらそう告げる。

ううっ。先に伝えておいて良かった。実は小春《こはる》さんからもらったアドバイスなんだよね！

「今、『パーティー復活』がＳＮＳのトレンド入りしました。続けた方がいいのでは？」

小春さんが冷静な声でそう告げると、たしかに視聴《しちょう》者数はどんどん上がっていく。

うそっ。告知もしてないのに、急になんで⁉

「大人気アイドルグループが『がんばれパーティー』って反応してくれたおかげみたいね」

大人気アイドルグループって、もしかして『ジョーカー』さん!?

これはもう流れに乗るっきゃないでしょ！

あたしは深呼吸すると、練習したことを思い出しながら話しはじめた。

「もう一度企画を出すにあたり、『パーティー』に必要なものを編集部で考えました。1つ目、読者は10代20代の学生にしぼること。2つ目は、自分たちで企画するだけでなく、リアルな読者さんと一緒《いっしょ》に作っていく過程も楽しみつつ、雑誌『パーティー』をたくさんの人に知ってもらうことです。『パーティー』を知ってもらうためにはじめているこの配信は――現在、1万人が視《み》てくれています」

よし、練習してきたから嚙《か》まずに言えた！　あたしは心の中でガッツポーズをする。

コメント欄《らん》に「雑誌も買うぞー」「復刊よろ」「企画通って！」などコメントが入る。

「さて。ここからは具体的な話し合いだ。動画を止めなさい」

宝井元編集長の言葉を聞いたネットの視聴者たちのコメントが一瞬《いっしゅん》止まる。

その後、和《なご》やかだったコメント欄には「はあ?」「ムカつく」「見せないならもう応援《おうえん》しない」「つまんねー」などの罵詈雑言《ばりぞうごん》があふれはじめた。

『炎上《えんじょう》』とはよく言ったものだ。

あっという間にコメント欄がネガティブな言葉の炎《ほのお》につつまれる。

「ヤバいぞ。今すぐ止めろ！」

他《ほか》の編集部の人からそんな風に命令されたが、急に消したら逆に燃えてしまうような気がする。

スマホを持つ手がガクガクと震《ふる》えだし、身体《からだ》が動かなくなる。

「ゆのさん？　大丈夫《だいじょうぶ》ですか？」

「だ、大丈夫。――あたしに任せて」

「……ゆのさん？」

どうしよう。どうしよう。どうしよう。

あやまればいいの？　でも……宝井元編集長が言っていることももっともだし。

今、たくさんの人が応援してくれているけど、これ以上先は、生配信するべき内容ではない。

「聞こえないのか。早く消せ！」

無理やりスマホを取られそうになったその時――。

「待ってください！　視聴してくださっている皆《みな》さんにちゃんと説明したいので」

あたしはそう言うやいなや、自分に画面を向けた。

「忙《いそが》しい中応援してくださって、本当にありがとうございます！　この後の話し合いは、雑誌に関《かか》わってくれる作家さんや関係者の人にご迷惑《めいわく》がかかる内容も含《ふく》まれてしまう可能性があります。あたしたちは読者のみなさんが一番大事で編集部員の一人と思っているけど、雑誌作りに関わってくれる人たちも同じくらい大事です。あたしは編集長として、その人たちも守らないといけません」

あたしは画面の向こうにいるであろう読者さんに向かって必死に訴《うった》えた。

「だからこんな風に仲たがいしたくない。今日の会議の結果も必ず皆さんにお知らせしますので、楽しみに待っていていただけると嬉《うれ》しいです！」

そう言って思いきり頭を下げると、近くにいたしおりちゃん、エンマ、カレンさんも一緒に「「「お願いします」」と頭を下げてくれる。

その様子を見た視聴者たちからは「がんばれよ」「楽しみにしてる」「企画通りますように」など好意的な言葉が並ぶようになっていた。

「本当にありがとうございます！　それでは。また！」

とにかく一番ヒドイことにはならず、あたしはホッと胸をなでおろす。

あたしは配信を切ってから深呼吸すると、

「失礼しました。続けます！」

と告げ、雑誌のくわしい説明に入ったのだった。


「——たしかに最初よりは説得力が増した。だがまだ弱い。——これでは会議を通せない」

「待ってください！　弱いとは具体的にどこが弱いんでしょうか？　だってまだってことはもうちょっとってことですよね？」

「——新しい読者に届けるやり方は斬新《ざんしん》で面白《おもしろ》いじゃないですか。ただ、肝心《かんじん》の雑誌の企画があと一歩ってことですよね。それに宝井さんは何か引っかかることがあるんじゃないでしょうか」

カケル君!?

カケル君の援護射撃《えんごしゃげき》に答えるように、宝井元編集長はゆっくりとあたしの顔を見つめた。

**「それじゃあ編集長に聞くけど、この雑誌は君の本当に読みたいものが100％つまってると断言で**

きる？」

「——え？」

突然《とつぜん》、宝井元編集長にそう尋《たず》ねられ、あたしは思わず絶句する。

「それは……もちろん……面白い企画を最大限つめこみました」

……本当にそうだろうか。あたしは１００％、この雑誌に満足できているのだろうか。

「——それが答えだ。この雑誌には、君たち自身が満足する目玉企画がない。だから熱量が最後まで伝わらないいんだよ」

「それではあたしが１００％面白いと自信を持って言えるような作品を増やせば良いですか？」

「君が面白いだけじゃ意味がない」

ええぇっ。どういうこと⁉　意味がわからなくなってきたんだけどーっ！（混乱）

「新しい企画は、次に大ブームが来ると思える企画を持ってくること。ただの雑誌じゃない。『パーティー』は時代を作る雑誌だからね。このくらいのことはやってもらわないと」

「大ブームになれるもの……。そんなのどうやって見つけるんですか？」

「君自身が心底やりたいって思える企画の中に、答えはあるはずだ」

あたしが……心底やりたいと思える企画……。

「そうじゃないと本気になれないんじゃないかな。特に君の場合はね」

宝井元編集長はそう言って少しだけ口の端を上げて笑ったように見えた。

「それを僕たちに明確な根拠《こんきょ》を持って説明する。君たちの『パーティー』が特別な雑誌になるって期待ができたら復刊を認めてあげてもいいよ」

そんなの……あたしに、できるのかな。

すぐに「できます」と言い返せないくやしさで、涙《なみだ》がにじんでくる。

張り詰《つ》めた空気にのまれてしまいそうになっていると――。

しおりちゃんが心配そうにそっとあたしの手に触《ふ》れた。

不安になって視野がせまくなっていたあたしの目に、しおりちゃんの表情がうつる。

その後ろには祈《いの》るように手を組むカレンさん、そして「やってやれ！」と親指を立てるエンマの姿。

3人の顔を見ていると、少しずつ視界が広がり、息が吸えるようになってきた。

あたしバカだ。

**できるのか、できないかじゃない。**――**やるんだ。**

だって、あたしは一人じゃない。ここにいる編集部の皆が一緒なんだもの。

できないはずがない！

あたしは大きく深呼吸をしてから宝井元編集長の目をまっすぐに見つめた。

「次の大ブームを作る人を連れてくればいいんですね。わかりました」

「わかりましたって……。そんなに簡単に見つかるわけがないだろう。残念ながら、ぜんぜんわかっていないようだね。――会議は以上とする」

「え？　それって」

「『パーティー』の復刊は認めない」

そんな！

それなら何て答えれば良かったの？

検討します？　もう一度チャンスをください？

……いいや、そんな事じゃない！

あたしはグッと拳《こぶし》を握《にぎ》りしめると、宝井元編集長から目をそらさないでまっすぐ見つめる。

「あたし、『パーティー』が大好きなんです。だから――あきらめません。あたしの超《ちょう》目玉企画で必ず『パーティー』の復刊を認めてもらいます！　何度却下《きゃっか》されても通るまで企画会議に出します！」

**「何度も出すなんて、そんなことムリに決まってるだろう」**

**「ムリだろうが何だろうが10年でも20年でも通るまで毎月『パーティー』の企画を出し続けてやります！　絶対にあきらめませんからー！」**

「それは脅《おど》しかい？」

脅しととられてもいい。だってこの雑誌だけは、『パーティー』だけはあきらめたくない。

本物の編集者のヒヨコにすらなっていないあたしにできることは、こうやってかじりつくことだけだもの。

「明後日《あさって》に臨時の本会議を開催《かいさい》する。それまでに新企画を考えられるかい？」

後ろから声がする。

「おじーちゃん！　気配を消したって勝手に入ってきちゃダメだって。スミマセン‼　このおじーちゃん自由人みたいで」

「か……会長！」

宝井元編集長はガバッと立ち上がる。

あの宝井元編集長が動揺《どうよう》しているところってはじめて見た！

だけど会長って言うなら、きっと会社の物凄《ものすご》くえらい人だよね⁉

それが、一緒にお茶飲んでたお地蔵さんみたいなおじいちゃんだったってこと。

「やほ」

『やほ』って軽っ！　この方が本当に会長さんなの⁉

「会長……。ここは決裁の場です。見て頂くのでしたら、静かにして頂けませんか」

宝井元編集長は気配を消している会長の存在にも気づいていたのか。おそるべしだよ！

「いやじゃ」

「――」

ツーンと横を向く会長の言葉に、宝井元編集長は絶句する。

「こんな面白いもの、最後まで見たいに決まってるだろう」

「しかし……」

「そういえば『10年でも20年でも通るまで毎月「パーティー」の企画を出し続ける』か。その昔どこかで聞いたことがある気がするが、覚えておるかい？」

「――気のせいではないでしょうか」

「まさか言った本人が忘れたとでもいうのか」

「会長……。今はその話は必要ないです」

タジタジとしながら宝井元編集長が話をそらそうとする。

もしかして宝井元編集長も同じようなことをしたことがあったとか⁉

「ああ。言ったよ。若気のいたりでね。――そんなキラキラした目を向けないでくれ」

ひゃー！　やっぱり！

ニヤニヤしていると、キッとにらまれ、あたしはあわてて頬《ほお》に力をこめた。

「今回の『パーティー』復刊については、ある人から面白いことになると聞いていてね。楽しみにしてたんだよ。ちなみに君たちが作った『パーティー』の愛読者じゃよ」

ええええええっ。そうなんですか！　うれしすぎるよ！

会長さんは、ただお茶を飲んでただけじゃなかったんだ！

「奮闘《ふんとう》する若者を見て、久しぶりにワクワクしたよ」

「ありがとうございます」

「これまで社員が思いつかなかった斬新なことを、ドンドンやってのける。学生の特権だね」

特権でも何でも、使えるものがあるなら全部使う！

だって、あたしたちにはそれしか武器がないんだもの。

「しかし若者へのチャンスはこれが最後だ。大人も何度も同じ企画に付き合ってるわけにはいかないからね。私の権限で次がダメなら『パーティー』の復刊は永遠になくす。それでもやるかい」

「――やります」

できるかできないかじゃない。やるしかないんだ。

凍《こお》り付いた会議室でみんながシンとする中、あたしはヤレヤレとほっと一息つく。

ともかく首の皮一枚つながった状況《じょうきょう》で、２度目の本会議が終わったのでありました。

## 14 ぐはっ。崖《がけ》っぷちであります！

あれから本会議は終了《しゅうりょう》しまして――。

廊下《ろうか》に出た途端《とたん》、あたしはヘナヘナとしゃがみ込んだ。

「ゆのさんっ。大丈夫《だいじょうぶ》ですか？」

「なんか急に気が抜《ぬ》けちゃったみたいで。でも、首の皮一枚くらいはつながってるよね……？」

「あー！　心臓が痛いっ。ギリッギリ！　ほとんどくっついてないけど――」

「とりあえず――ＨＰ《ヒットポイント》１で生き残ったんじゃね？」

命の残力が１！

苦しそうなカレンさんとエンマの顔が、この会議のヤバさを物語っているように見えた。

「それより会長と知り合いなんて！　もっと早くに言ってくれれば、あたしだってご挨拶《あいさつ》に行ったのに」

「さすがのオレサマでも、あのジジイと知り合いだとは気づかなかったぜ」

「ゆのさんは、おくゆかしいところがあるんです」

「ぐうぜん知り合ったの！」

最初の本会議でボコボコにされてそれで、ココアをふるまってもらったのが最初だ。

そう言えば、『ある人』って言ってたけど、いったい誰《だれ》があたしたちのことを話してくれたんだろう？


「そんなことより、早く聞かせろよ」

「ん？　何を？」

ワクワクした顔でエンマにたずねられたが、あたしは首をかしげる。

「なにもったいぶってるのよ！　『あたしの超目玉企画《ちょうめだまきかく》』に決まってるじゃない」

「ゆのさん、私も早く聞きたいです」

「えーっと……」

3人の熱い視線にたえかねて、あたしはすっと目をそらした。

「い……いないよ？」（小声）

「ん？」

「ノープランっす」

「「「は？」」」

「だーかーらー！　そんなあてありません！」

そう言うやいなや、勢いよく土下座をした。

「「「はあああああああああっ⁉」」」

「まったく候補もいないのに、よくもまぁ堂々と連れてきますなんて言えたわね！」

「だってあの時はアドレナリン全開というか、大丈夫な気になってたんだもん！」

「だもんじゃねーだろ！」

「エ、エンマ……！　アンタなら誰か知ってるんじゃない⁉　すごい先生パパッと引っ張ってきてよ」

「オレサマがパパッと引っ張ってくるってことは、相手にうらみを買う可能性が大だぞ」

ギャー！　マジな目しとる！　コイツは本気でゆする気だ！

「いいっ。大丈夫です！」

「じゃあ、どうするのよ⁉」

「だいたいアンタが宝井《たからい》元編集長に『この雑誌は君の本当に読みたいものが１００％つまってると断言できる？』って聞かれた時に、『はい』って言えば良かったんじゃないの？」

カレンさんのぼやきに、うっとあたしは言葉につまる。

「それはそうなんだけど……宝井元編集長に聞かれた時にさ。あたしの中では１００％って言えないって事に気づいちゃったの。だから——ウソがつけなかった」

「じゃー、編集長はあと何があれば１００％になると思うんだよ」

**「じつは……、この雑誌の企画を始めた時から載《の》せたいなと思ってた作品があるんだ」**

エンマに尋《たず》ねられ、あたしは意を決して口を開いた。

「それが目玉企画か！　どんな作品だよ？」

たずねられて、あたしは一瞬《いっしゅん》言いよどむ。

「ヤミねこ先生。超マイナーだし、『パーティー』の目玉にとは言い切れないけど、ヤミねこ先生の作品を掲載《けいさい》したい！」

「アンタ、会議で言われたこと忘れたの？　ブームを作れる人よ？」

たしかにあのオソロシイ会議に目玉企画として持っていっても、はねつけられるに決まってる。

だけど……。

「たしかにフォロワー数は少ないかもしれないけど、海が見える学園を舞台《ぶたい》にした猫《ねこ》たちの作品でさ。もう学校に行きたくないって思う日でも、これを読むと生きる勇気がわいてくるんだよ」

「生きる勇気って大げさな」

「大げさじゃない！　『ヤミねこ』は気づいてもらえればブームになる！　ううん、あたしが担当して、絶対にブームにしてやる！」

シーン。

ギャー！　あたしってば何てことを！

自分の口から出てきた言葉に戸惑《とまど》いつつも、でもずっとそう思っていた本心にようやく気づいた。

みんなあたしの大それた発言に、ドン引きしてしまったのか誰も口を開こうとしない。

あたしは慌《あわ》てて大声で「ごめん！」と叫《さけ》んだ。

「復刊がかかった大事な時に‼　ち、ちがう人を探すから――」

「ちがう人？　何アホなこと言ってんだよ」

アホ⁉　アホって、どーゆーことよ！

「雑誌は編集長のカラーが大事だろ。オマエが一番やりたい企画をあきらめてどうするんだよ」

「エンマ君、たまには良いことを言うじゃないですか」

「そうね。今はマイナーでも、編集長がブームにしてくれるみたいだしね」

ひっ！……でも、ここで逃《に》げたら編集長の名がすたる！　あたしは心の中で顔を引きつらせつつ、

「まかせて」と胸をはる。だって『覚悟《かくご》は伝染する』って思っているから！（全員をその気にしてみせる！）

「よぉし、編集長がそこまで言うんだ。目玉は『ヤミねこ』でいこうぜ」

「10代、20代に向けた今回の雑誌のコンセプトにも合いそうだしね」

「そうですね。ゆのさん、そのかわり、必ず口説き落としてくださいね」

これで企画が通らなかったとしても――。本当にやりたい事をあきらめて、後悔《こうかい》を残したくない。

自分自身に問いかけてから、あたしはギュッと胸の前で拳《こぶし》をにぎりしめた。

「――あたし、絶対に『パーティー』でヤミねこ先生に描《か》いてもらいたい。**そのせいで雑誌の企画が通らなくても……これに賭《か》けたい。みんな、あたしのワガママについてきてくれる？**」

深々と頭を下げてから、おそるおそる顔をあげると……。

3人のピースサインが目の前に飛び込んできて、その光景がどんどんにじんでいく。

「ちょっと！　まだ泣くところじゃないでしょ？」

「そうです。まだ早いですよ」

カレンさんとしおりちゃんに背中をおされ、あたしはウンウンとうなずく。

こうなったら、ヤミねこ先生を絶対にゲットするっ！

本会議まであと2日。残された時間はわずかだが、あたしの心は決意で燃えるのであった。

# 15 ヤミねこにアタック！

ドクドクドクドク。

昨日は深夜になったからいったん解散して、今日は運命の日。

あたし、白石《しらいし》ゆのは、かつてないほど興奮しているのであります！

「と……とにかくヤミねこ先生にメッセージ送ってみる！」

前は毎日何十通と送っていたけど、編集部の仕事をするようになってからいつのまにか引きこもりを脱《だっ》しちゃったから、久しぶりだ。

「――え、うそ」

「どうしたんだよ？」

「い……いや――――っ！」

サイトへのメッセージが送れなくなってるんですけどおおおおおおおお！

「なんで⁉　この前まで送れたのに！」

「どっかのバカが毎日20枚も30枚分もメッセージを送りつけてたからじゃないの」

「迷惑《めいわく》な人だね――ってあたしか！」

ギョエー！　あたしのせいで、先生はメッセージを閉じちゃったってこと⁉

「ゆのさん。私が何とかします」

決意みなぎる口調でそう告げるしおりちゃんに、

「本当⁉　それって魔術《まじゅつ》で何とかできるってこと？」

と、あたしは食い気味に話しかける。

「はい。呪《のろ》って呪って病気にするんです。そしたら即《そく》病院に直行するはずです」

「しおりちゃんっ、それはダメだ」

病院直行って……お命が危ないってことじゃないですか！

さすがにそんなことできないよおおおおおっ。

「しかもどこの病院に運ばれるかわかんねーだろ」

「……たしかに。申し訳ありません。名案だと思ったのですが」

「ううん。しおりちゃんの気持ちがうれしい」

あたしたちはブンブンと握手《あくしゅ》をかわす。

「そうだ。猫《ねこ》！　猫から何かたどれないかな」

「猫？」

「うん。ヤミねこ先生、めちゃくちゃ猫好きなんだけど、SNSには『今日はクロスケお迎《むか》え』って
書いてあったんだ。てがかりになったりしないかな」

「それならばペットショップを探しましょうか」

「いや、待て。――これを見ろ」

過去の書き込みに、別の猫を『譲渡会《じょうと》でお迎え♡』と写真付きでアップしている。

「よしっ！　譲渡会をかたっぱしから探して、突撃《とつげき》しよう！」

「バカ。譲渡会は日本中でおこなわれてるのよ⁉　短時間にその１つを当てるなんて、できるわけないじゃない」

うがっ。そう言われたら、そうか。

「さーてと。やっぱりオレサマの出番ってことかな」

エンマはよいしょと席を立つとけけけと笑った。

「出番って？」

「オレサマをだれだと思ってるんだ。すぐに見つけ出してやる」

「エンマ！　最高！　でもどうやって？」

「まずはヤミねこ先生が過去に訪《おとず》れた譲渡会や里親の情報を探すぞ」

「前の里親を探してどうするの？　今回だって同じ人とは限らないでしょ⁉」

カレンさんがそう言うと、エンマはニヤリと笑う。

「だいたいこういう場合は同じ里親からお迎えすることが多いんだ」

「なんで？」

「里親は身元がしっかりしている人に新しい猫を託《たく》したいし、託される方だって信頼《しんらい》できる人から譲《ゆず》ってもらう方が安心だろ。だからだいたい同じ里親か、その人に紹介《しょうかい》された人……ってことが多い」

なるほど！

「では、今回も同じ里親さんから譲り受ける可能性が高いってことですね」

「そういうこと」

エンマは凶悪《きょうあく》な笑《え》みを浮《う》かべると、ものすごい勢いで情報をピックアップしていく。

集められた過去の投稿《とうこう》には、『今回も大好きなパフェを食べてから譲渡会へ』『お迎え帰りに買い物も終了《しゅうりょう》』などという情報が載《の》っていた。

「あ！　あたしこのパフェ知ってるーっ！　夢来堂《むらいどう》のフルーツパフェだよ！」

いろんな種類のフルーツが入っていて、宝石箱や‼って感じでさ。うっ、想像しただけでヨダレが出てくるっ。

「この手提《てさ》げ。高山《たかやま》デパートの袋《ふくろ》ですね」

夢来堂、高山デパート、譲渡会……。それでわかるのかな。

「――見つけた。ここだ」

エンマのスマホの画面には、今日おこなわれている高山デパート屋上での譲渡会の情報がアップされていた。

「うおおおおおおおお、エンマ天才！」

「たまには良い仕事するじゃない！」

「エンマ君、さすがです」

あたしたちはエンマに飛びつく。

「うおっ、あぶねぇな！　ったく、さっきまでディスってたくせに。いい加減な奴《やつ》らだな」

あきれたように言うエンマだが、まんざらでもなさそうだ。

「ただ場所が遠いな。今から行っても間に合うか――」

げっ。あと30分で譲渡会が終わっちゃう！

「ここからだと急いで飛び出しても1時間はかかっちゃうじゃない！」

「あ！　デパートに電話して、ヤミねこ先生につないでもらうとか」

「「「そんなことムリに決まってるでしょ（だろ）――っ！」」」

3人に怒鳴《どな》られて、あたしはギャッと悲鳴を上げる。

どどどど、どうしよう。

せっかく居場所がわかったのに――あきらめるしかないの⁉

「お任せください。私の使い魔たちに足止めをさせます」

つ……使い魔⁉

「しおりちゃん、使い魔がいるの？」

「はい。まだまだ未熟な使い魔たちですが、編集部のためにしっかり働いてもらいます」

不敵にほほ笑むしおりちゃんが頼《たの》もしい！

使い魔は猫かな？　カラスとかかな？　猫の手も借りたい時だから、犬でも猫でも本当にありがたいよ！

あたしはギュッとしおりちゃんに抱《だ》き着く。

待っててください、ヤミねこ先生！

「ちょっと！　待ちなさいよ！　本会議は明日《あした》なのよ⁉　あたしたち、まだ準備も終わってないし、本当に間に合うと思ってるの⁉」

「間に合わせるために、１秒でもムダにしちゃダメなんだよ。だから行ってくる！」

振《ふ》り向かずにカレンさんに答えると、あたしは全速力で譲渡会の会場へと向かうのだった。

## Character Profile

名前

紫村《しむら》カレン

| 誕生日 | 星座 | 身長 |
|---|---|---|
| 4 月 7 日 | 牡羊 座 | 163 cm |

| 血液型 | 家族 |
|---|---|
| O 型 | 父、母、妹……<br>ナイショの同居人!? |

★好きなもの

かわいいもの、オシャレなもの、
流行ってるもの、
キラキラしたもの

★嫌いなもの

ダサイもの、
つまらないもの、
退屈なこと

★最近あったエピソード

モテまくるために真面目に筋トレしてたら、
ベンチプレスを60kg上げられるようになって、
本気で大会目指さないか誘われちゃった。これモテ道的にはアリなの!?

## Character Profile

名前

西園寺《さいおんじ》カオル

| 誕生日 | 星座 | 身長 |
|---|---|---|
| 5 月 3 日 | 牡牛 座 | 171 cm |

| 血液型 | 家族 |
|---|---|
| A 型 | 父、母、弟 |

★好きなもの

本、
ツンデレな彼女、
かわいい弟(オレにはそう見える)

★嫌いなもの

ピーマン、〆切、
原価計算、目標申請、
彼女と弟のバトル

★最近あったエピソード

忍とカレンがバチバチに争っているからさ。
仲良くなってもらうために死んだふりをしたら、
すぐにバレて二人にとんでもなく罵倒されたよ。あ、仲良くなったかも!?

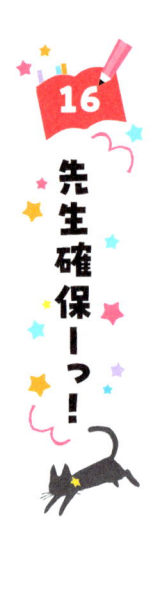

## 16 先生確保ーっ！

「何なんだ君たち！　この子はうちの子だ！」

「申し訳ありませんが主《あるじ》様がいらっしゃるまではこの子を渡《わた》すことはできません」

「主様？　この子の主はこの僕だニャン！」

声を荒《あら》らげる男の人は興奮のせいか、語尾《ごび》が『ニャン』になっちゃってますけどー！

その人は必死にキャリーケースを引っ張りながら、黒スーツの男子たちともみくちゃになっていた。

「ハアハアハア。あの……ハアハア。あの……ハアハア、待ってください……」

「「ギャ――オバケ！！？」」

汗《あせ》だくでゼイゼイハアハア言いながらあたしが近づくと、猫《ねこ》を取り合っている男性二人が悲鳴をあげた。

「――無事に間に合ったようですね。感謝します」

あたしの後ろからやってきたしおりちゃんとエンマのあとに、カレンさんもようやく追い付いた。

「ぐはっ、主様あああっ！　もったいないお言葉です」

え？　え？　え？　主様って……もしかしてこの黒スーツの人がしおりちゃんの使い魔《ま》さん？

サングラスをしてるけど顔の彫《ほ》りが深いのがわかるし、めちゃくちゃモデルさんみたいにスタイルが良いんだけど！

「他《ほか》の者たちも。感謝します」

しおりちゃんがそう告げると、ザザッと20人くらいの黒スーツの男たちがズラーッと現れて膝《ひざ》を折る。

「「「もったいないお言葉！」」」

「え？　この人たちみんなしおりちゃんの使い魔？」

おそるおそる聞くと、しおりちゃんはニタリとほほ笑《え》む。

「他の使い魔も機会があったら紹介《しょうかい》しますね」

しおりちゃん！　あんなにイケメンたちを虜《とりこ》にして！　おそるべし魔女！

「あああっ。貴様！　また主様の近くに！　使い魔1の座から、必ず引きずり降ろしてやる」

「オレサマは使い魔じゃねーっつーの！」

なんか……すごいことになってるなぁ――って、感心してる場合じゃなーい！

あたしはあっけにとられている男性のところへ駆《か》け寄った。

「先生、足止めしてしまって申し訳ありません。クロスケはお返しします」

「クロスケ！　良かった！」

ギュッと先生は猫を抱《だ》きしめる。

「なんだね、君たちは」

「初めまして。あたしは角丸書店《かどまるしょてん》で雑誌編集をしているものです。先生、あたしたちの『パーティー』で原稿《げんこう》を描《か》いて頂けないでしょうか⁉」

「な……ななな……なぜだああああああああああああっ」

そう言って土下座したあたしの事などまったく見ず、ヤミねこ先生は、頭を抱《かか》えて前のめりに倒《たお》れ込んでしまう。

「どどどど、どうなさったんですか⁉」

「見ればわかるだろう！　絶望してるんだニャン」

頭を抱えたままヤミねこ先生はゴロゴロとものすごい勢いで転がり続ける。

あー。なんか芋虫《いもむし》みたいに動いていて、あんまり絶望っぽく見えないんだけど。

「なぜだ。なぜバレたんだ」

「へ？」

「仕事を頼《たの》みたいって」

「はい。ヤミねこ先生に」

「ん？」

「へ？」

「ヤミねこ先生にお仕事をお願いしたいんです」

「――**幕ノ内和人**《まくのうちかずと》じゃなくて？」

「幕ノ内和人？　なんかどっかで聞いたことあるな――って」

「ばか！　何がどっかよ。幕ノ内和人といえば、めちゃくちゃ売れてるマンガ家じゃない」

あああっ。アニメ化しただけでなく、海外でも映像化して人気になっているアレか！

「まさか……読んでない？」

「読みたい読みたいとは思うんですけど、巻数が多くて」

「──」

今度はムッとした顔をしたあと、「読んでもくれないなんて！　絶望だ」とゴロゴロ転がりまくる。

「なんか……おかしいですね。この人」

「アンタに言われたくないだろうけどね」

「──カレンさん、何か仰《おっしゃ》いましたか？」

「何でもありません！　ちょっとアンタ何ニヤニヤしてんのよ」

カレンさんは涙目《なみだめ》でそう告げる。

「けけけ。やっぱりついてきて正解だったぜ。面白《おもしろ》いもんが見られそうだ」

「エンマ、どういうこと？」

「まだわからないのかよ。ヤミねこ先生は、1億冊突破《とっぱ》の大人気マンガ家《か》・幕ノ内和人ってことだろ」

「いやいやまさか……うちのバカがものすごい人違《ひとちが》いをしてしまって申し訳ありませんでしたっ！」

「人違い？　彼が正しいニャン」

「えええええええええええええええっ」

今度はあたしたちがものすごい声で絶叫《ぜっきょう》する番だった。

「君は声が大きすぎる！　不快だニャン！」

ギャー！　いきなり怒《おこ》られてしまった！

「では本当の本当に、ヤミねこ先生が幕ノ内先生ということですか？」

ヤミねこ先生はコクリとうなずく。

「そんなことってある？」

あたしが大好きだったヤミねこ先生の本当のペンネームは、天下の大人気マンガ家・幕ノ内先生だったなんて！

「ってそれより、先生。まずは大変大変申し訳ございませんでしたああああああああああああああああああああああああああああ」

あたしはヤミねこ先生に向かって土下座した。

「ちょっと！　顔をあげて！」

「あたしがストーカーみたいにメールするから連絡《れんらく》先閉じちゃったんですよね？」

「え？　閉じてないよ？」

「でも……あ」

復活してる？

「まちがって消えちゃったみたいでさ。さっき気づいて戻《もど》したんだ。でもそういうことかぁ」

「それは――あたしのメッセージを読んでくださっていたということでしょうか？」

「読んでたよー。ムカつきながら」

ひぃいいいいいいいいいいいいいいいいいいいいいいいいいい。

「でも年を取ったせいか最近は誰《だれ》も意見言ってくれなくなってたし、途中《とちゅう》から新鮮《しんせん》でね。なんか若い頃《ころ》を思い出したの」

「先生、十分にお若いですけど……」

「いやいや、そんなことはないよ」

謙遜《けんそん》しつつも、ヤミねこ先生は、まんざらでもなさそうに満面の笑みを浮《う》かべている。

「でも最近はメッセージが送れなかったのには、別の理由があるんです」

あたしは一度言葉を切ってから、まっすぐにヤミねこ先生の顔を見つめた。

「あたしたち雑誌を作るんです！　つきましては先生に原稿をお願いできないでしょうか？」

「幕ノ内は角丸とは仕事はしないよ。――担当に殺されかけたからね」

こ……殺されかけたって……。めちゃくちゃ物騒《ぶっそう》な話なんだけど、聞いちゃって大丈夫《だいじょうぶ》⁉

「はっ。もしかして先生の原稿が上がらなすぎて、担当がキレてしまったとか⁉」

あたしもトウマ先輩《せんぱい》に何度も上がる上がる詐欺《さぎ》をされ、殴《なぐ》りかかりそうになったことがあるもん！

「そんなことじゃない！　海外でサイン会をする機会があってね。担当は外せない会議があるから、あとの飛行機で向かうって言ってたんだよ」

その時のことを思い出しているのか、ヤミねこ先生はブルブルと震《ふる》えだす。

「絶対にサイン会までには来るから大丈夫だと言ったくせに、トラブルで行けないって言われて――言葉も通じない場所に一人、死ぬところだったんだよ！」

「死ぬってそんな大げさな」

「大げさじゃない！　僕は水も頼めないからね。脱水症状《だっすいしょうじょう》で病院に運ばれそうになったんだニャン！」

ああ、怒《いか》りと興奮のあまり、またニャン語が発動してる！

「そういうことだからクロスケを置いて、帰ってくれ」

突《つ》き放すように言われたが、あたしはギュッと拳《こぶし》を握《にぎ》りしめながら口を開いた。

「あたしは先生を一人にしません！　それにあたしがお仕事をお願いしたいのは、幕ノ内先生ではなく、ヤミねこ先生です。ヤミねこ先生なら、角丸書店と仕事できませんか？」

「は？　君は何を言ってるの」

ヤミねこ先生は、本当に意味がわからないというように顔をゆがめる。

「君の目の前に！　あの超《ちょう》レジェンドマンガ家、幕ノ内がいるんだよ!?　ふつうの編集者だったら売れるかどうかもわからない『ヤミねこ』より、幕ノ内にお願いするでしょ!?」

**「売れますよ！　『ヤミねこ』も売れます！　あたしは、幕ノ内先生と同じくらい、ヤミねこ先生に可能性があるって思ってますから！」**

「――」

あたしが断言すると、ヤミねこ先生は鳩《はと》が豆鉄砲《まめでっぽう》を食ったような顔で、マジマジとこちらを見た。

「君……本気で言ってるのかい？」

「本気の本気ですよ！　だってあの作品は本っっっ当に面白いですから！　先生はもっと自分の新しい可能性を信じてください」

「今を上回る新しい可能性か……。はは、そんなの考えたことなかったな」

ヤミねこ先生は驚《おどろ》いたように目を丸くしたあと、じっと何かを考えこむようにだまりこむ。

「――僕は、いつのまにか自分の力がここまでと思ってしまっていたのか」

ヤミねこ先生が発した言葉の後半は独り言のようで、あたしにはよく聞こえなかった。

「『パーティー』は、10代と20代が夢中になる雑誌にします。ヤミねこ先生の作品は、彼らを夢中にする次の流行となる作品だって確信してます。お願いします、力を貸してください！」

「――どうしてそう思うんだい？」

「マンガの『ヤミねこ』って、あたしたちの人には言えない悩《なや》みが描かれているからです」

あたしはヤミねこ先生の目をジッと見つめた。

「10代ってケンカをしたり本音を伝えたりすることがなかなか難しいんです。SNSとか、つぶやける場所はいっぱいあるけど、そこは本音は話しちゃいけない。なんか息苦しいなって思ってた時に『ヤミねこ』を読んで、すごく心が軽くなったんです。きっとあの作品を読んで心が軽くなる人たちがたくさんいます。あたしは幕ノ内先生ではなく、ヤミねこ先生の作品を世に広めたいんです！」

「――本気だね」

「SNSで追っかけてた頃からずーっと言ってるじゃないですか！　あたしはヤミねこ先生の作品が大好きで、あれをたくさんの読者さんに届けたいんです！」

「ぶっ。ははははは。信じられない。無欲《むよく》なのか……バカなのか」

「無欲じゃないですよ！　だって大好きな作品を担当したいって言ってるんですから」

ヤミねこ先生の鋭《するど》かった眼光が、ふと柔《やわ》らかくなる。

「――いいよ。やろうか」

「ほんとですか⁉　やったー！」

大好きだった『ヤミねこ』の担当になれるなんて、夢みたい！

担当編集者は作家と一緒《いっしょ》に、作品をよりよく作っていくことができるでしょ。

出来上がった作品を読むのもワクワクするけど、あたしは先生と一緒に作品を作る楽しさや苦しさを共有してみたい。だって、それはすごいスペシャルなことだと思うから！

編集者って仕事は誰にでも会える可能性を秘《ひ》めたすごい仕事だって、改めて思い出したよ。

**「だが賭《か》けてもいい。絶対にその企画《きかく》は通らない。出版社なら幕ノ内で描かせるさ」**

「どうしてですか？」

「1日に何冊新しい本が出るか知ってるかい？」

あ。小春《こはる》さんが言ってやつだ！

「ええと……200冊くらいだったと思います」

「よく知ってたね。そう、1日で200冊も新刊が出る。新刊の波に押し流されないためには、絶対に幕ノ内和人の新刊を出したいのさ」

出版社は数字が大事って言ってた。たしかにその方が売れるかも知れない。だけど……。

「担当として絶対に企画を通してみせます！」

「あー。待ってるニャン」

あたしは頭を下げる。

ドキドキドキ。

ヤミねこ先生は大大大大大好きな先生だから、一緒にお仕事できるかも知れないと思うだけで胸がいっぱいになる。

「ゆのさん、小春さんにも伝えておきますね」

しおりちゃんの言葉を聞いたカレンさんも、

「たしかに。営業部に後押ししてもらえるかも知れないものね」

と、うなずいた。

「そうだよね。全然思いつかなかったよ。しおりちゃん、ありがとう」

しおりちゃんはうなずいてから電話をかけはじめる。

「銀野《ぎんの》です。『パーティー』の新企画ですが、幕ノ内先生にお仕事お願いできそうです。ただペンネームは違うみたいなんですが……。帰ったらまたご相談させてください」

「あー。戻ったら大変なことになりそうだぜ」

エンマの呟《つぶや》きが当たり、会社に戻ってから大変な騒動《そうどう》になるなんて……。

その時のあたしたちは考えもしなかったんだ。

# 17 担当変更《へんこう》!?

ドドドドドドドドド!

「来たぞおおおおおっ!」

目を血走らせた大人たちが、飛びかからんばかりの勢いで駆《か》け寄ってくる。

何事!? 怖《こわ》い! 怖いよー!

「ゆのちゃん。さっきの電話の話、どういうこと?」

「そのまんまです。ヤミねこ先生にお仕事お願いしようと思ったら、その先生が幕《まく》ノ《の》内《うち》先生でした」

「つまり……あの幕ノ内先生が、うちで描《か》いてくれるかも知れないってことか!?」

「いや、幕ノ内先生じゃなくってヤミねこ先生です」

「うおおおおおおおおおおおお! 幕ノ内先生! 売れるぞおおおおおおおお!」

大人たちは何かのメーターがぶっ壊《こわ》れたかのように、盛り上がっている。

「白石《しらいし》さんありがとう! 僕は幕ノ内先生と仕事をしたくてこの世界に入ったんだ。超冒険《ちょうぼうけん》ものを作れるなんて楽しみだな」

突然《とつぜん》現れたぽっちゃりした男性は、あたしの手を取るとウルウルと目をうるませながら、ブンブンとふりまわした。

「さっそく引継《ひきつ》ぎをしたいから時間ある？」

「引継ぎ？」

「ああ。自己紹介《しょうかい》がまだだったね。僕は『少年ダッシュ』編集部の編集長兼《けん》出版事業統括《とうかつ》の高柳《たかやなぎ》だ。

幕ノ内先生の原稿《げんこう》は、うちの『ダッシュ』で描いてもらうことにする」

はああああああっ⁉　このぽっちゃりな高柳編集長、何わけわからないこと言っちゃってるの⁉

「『少年ダッシュ』は、わが社の看板マンガ雑誌。幕ノ内先生の原稿は、うちの雑誌にこそふさわしい」

「うちの雑誌にこそふさわしいって……『パーティー』には合わないってことですか⁉」

「その通りだよ。そもそも君たちが作る雑誌は情報誌。マンガ雑誌でもないじゃないか。より読者が多いうちの雑誌で描いてもらう方が、先生にとっても良いだろう」

たしかにそれも一理あるかも知れないけれど……。

「それに幕ノ内先生をただのバイトに担当させるわけにはいかないからね」

「えーっと。コイツ、社会的に抹殺《まっさつ》していい奴《やつ》か？」

「エンマ君。手を出さないでください。私がやります」

「アンタたちは、すぐぶっそうな事を言わないの！」

殺気を放つエンマとしおりちゃんを落ち着かせようと、カレンさんは叫《さけ》ぶ。

「あの高柳編集長。お話はわかりました」

「わかってくれたか！」

「ですが、お願いしたのは幕ノ内先生ではなくヤミねこ先生です」

「は？」

「幕ノ内先生のマンガではなく、うちの雑誌には『ヤミねこ』を描いてもらいます」

「バカ言ってんじゃないよ！　部数の桁《けた》が変わる大物だぞ！」

あたしは大声で怒鳴《どな》られ、反射的にギュッと目を閉じた。

だけど……。あたしが仕事をしたいと思ったのは、ヤミねこ先生だし。

何より幕ノ内先生じゃなくて、ヤミねこ先生として仕事を受けてくれたのに。

「あたしはヤミねこ先生の企画《きかく》を通すって約束したんです！　信頼《しんらい》を裏切るわけにはいきません」

「勝手に約束してきたのは君だろ。僕たちの知ったことじゃない。しかも何でどこの誰《だれ》ともわからない作家名で作品を出さなきゃいけないいんだよ」

「そんなの面白《おもしろ》いからに決まってるじゃないですか！」

あたしの剣幕《けんまく》に押されたように、高柳さんは一瞬《いっしゅん》だまりこむ。

「あたしは宝井《たからい》元編集長に『次の流行となる作品』を見つけてくるように言われました。幕ノ内先生は『今の流行作家』でしょ。**あたしはこれからの話をしているんです！**　ヤミねこ先生は、次の時代を作る作品を描かれてるんです。だから今お願いしないと他《ほか》で出されて、絶対に後悔《こうかい》しますよ！」

ヤミねこ先生の可能性を一生懸命《いっしょうけんめい》に伝えても、高柳さんには響《ひび》かなくって。

まるで死刑《しけい》宣告を告げるかのように、

「――これ以上話しても結論は変わらない。『パーティー』の企画会議には、別の目玉を用意することをおすすめするよ」

と、彼は言った。

「そんな！　じゃあ『パーティー』はどうなるんですか？」

「どうなるかは自分たちで考えなさい」

ひどい！

「高柳さんが幕ノ内先生に依頼《いらい》してても描いてくれないと思います」

「調子にのるなよ！　こっちとら30年ファンやってるんだ！　愛は僕の方が重いんだ！」

「あたしはヤミねこ先生のことフォロワー12人の時から知ってるファンです」

「ヤミねこ先生じゃない、今は幕ノ内先生の話をしてるんだ！」

「ヤミねこ先生ですってば！」

「あああああっ。どっちでもいい。とにかくミスばかりする君には任せられない」

「――――！」

そうだ。熱くなってすっかり忘れてた。

あたしは一度、夢をあきらめてしまった人間だ。そんな奴が担当したいと言う資格はないのかもしれない。

「またミスをされたら困る。だから担当は君には任せられない。わかったかい」

「――わかり……ました。でも一度だけチャンスをもらえないでしょうか？」

「チャンス？」

「明日《あした》の企画会議、聞きにきてください。そこで『パーティー』でヤミねこ先生に描いてもらってもいいと思えたら、認めてください」

声がかすれて、後半の方は聞こえたかどうかわからない。

「わかった。そのかわり君に担当させることはできない」

「そんな……っ！」

高柳さんから一度だけチャンスをもらえると喜んだのもつかの間、そのあとに下された宣告に、目の前が真っ暗になる。

「当たり前だろう？　幕ノ内先生は大御所《おおごしょ》中の大御所なんだ。君みたいな新人以下の編集者が担当できるような相手じゃない。失敗すれば君だけでなく、全社的に大打撃だ。それをわかって言ってるのか？」

わかってる。だけど、新しい『パーティー』に、ヤミねこ先生は絶対に必要だ。

「――やらせてください」

あたしは強く拳《こぶし》をにぎりしめながら、頭を下げた。

もう一度だけチャンスはもらったけど、先生の担当にはなれないってことだから――。

絶望でしばらく、その場から動けなかった。

# 18 どうすればいいの？

あれからどうやって戻《もど》ったのか覚えてないけど、編集部にあてがわれた資料室のテーブルにつっぷした途端《とたん》、ボタボタと涙《なみだ》がこぼれだした。

「なにメソメソ泣いてんだよ。ゆのらしくねーぞ」

げ。エンマ！　いつからそこにいたの⁉

「メソメソなんてしてない。こ……これは鼻水だから！」

エンマは資料室の机に腰《こし》をかけながら、こちらを見て吹《ふ》き出す。

「ぶっ。鼻水って、どんだけ弱み見せたくねーんだよ。まぁ、とにかくこれでふけ」

テーブルに載《の》っていたティッシュボックスからティッシュをとると、エンマはあたしに手渡《てわた》した。

「ありがとう」

チーン！　あたしはもらったティッシュで思いきり洟《はな》をかむ。

「――担当をゆずりたくないって思うのはあたしのエゴなんだよね。もっと経験豊富な人に担当してもらった方が先生にとってもいいんだよね……」

「エゴ？　ヤミねこ先生は『パーティー』でオマエとだから描《か》くって言ってくれたんじゃねーの」

「――そう――だけど」

だけど、大人の世界では、あたしの力ではどうしようもないことがある。

「なさけねーな。オレサマの戦友のくせに。あきらめるのかよ？」

「あきらめたくない！……けど、どうしたらいいかわからない……っ」

自分がふがいなくて、ボタボタとまた涙があふれ出す。

「あれ、鼻水止まらないな……」

あわてて横を向くと、エンマにバレないように、袖《そで》でバッと涙をぬぐった。

「オマエにはオマエにしかない魅力《みりょく》がある。ただ、確かに今回はそれだけじゃダメなのかもな」

「どういうこと？」

「トウマ先輩《せんぱい》の時は、オマエの熱意だけでいけただろ？　でもオマエの言う通り今回はちがう。ここは会社という組織らしーからな」

ぐっと拳《こぶし》をにぎりしめる。

「あきらめたくない気持ちが１％でも残ってるなら、担当はオマエしかいないって、ぶちかませ。オマエはそーゆーヤツだろ？」

「ぶちかませって……どこで？」

「アホ！　決まってんだろ本会議でだよ。本当の気持ちはどうなんだよ」

「あきらめたくないに決まってるじゃん！　だけど本会議まで、もう時間がない。それまでにどうやって示せばいいのかわからない」

「言い訳ばかりして動かない。いつからそんなカッコ悪くてつまんねーヤツになったんだよ」

言葉はキツイけど、エンマの言う通りだ。だって――あたし、今の自分のこと好きじゃないもん。

「けけけ。なんだ自覚はちゃんとあるんじゃねーか」

「エンマ様……あたしHP《ヒットポイント》12くらいだから」

死なない程度にお言葉を選んで頂けると大変うれしく！（祈！）

**「いいか。オレサマの戦友は、たとえ敵でも、撥《は》ね飛ばして味方に変える力がある。いつもみたいにそのムダな熱量で扉《とびら》を開けよ」**

「――エンマは……できると思う？」

「当たり前だろ。できねーことは言わねーよ」

ふだんお世辞や優《やさ》しいなぐさめも言わないエンマの言葉が、乾《かわ》いた心に沁《し》み込んでいく。

「――エンマ。サンキュー。目が覚めた」

あたしはバンバンと自分の頬《ほお》をたたいて気合をいれた。

「それでこそ戦友だぜ。あと、いちごパンツに差し入れ」

差し入れ？

エンマは急にあたしの両肩《りょうかた》に手を置いたかと思うと、グイと引き寄せる。

エンマの唇《くちびる》があたしの額に触《ふ》れた瞬間《しゅんかん》、ガタンと大きな音を立ててドアが開く。

扉の向こうに立っていた人物を見た瞬間、あたしは大きく目を見開いた。


「うそ……。どうして……」


そこにはあわててここへ来たのか、肩で息をしながら立っている王子がいた。

「エンマ！　ゆのに手を出すなって言っただろ」

「うるせーな。手は出してねーだろ。手は」

ベッと舌を出すエンマの横で、あたしはワナワナと震《ふる》え出す。

「ゆの？」

ブチン！

「彼女のあたしが呼んでも来ないのに！　なんでエンマとはそんなに連絡《れんらく》してるのよー！」

「まー、手ぇ出されたくないからだろうけど」

「へ？」

『今すぐ来ないと、オレサマの彼女にするからな』

　えええっ？　もしかして王子ってば、このメッセージを真に受けちゃったの⁉

「……エンマ。アンタの気持ちは確かに受け取った。あとは任せて！」

「あ？」

「どんな手を使ってでも、王子を編集部に連れ戻してこいってことでしょ？」

　あたしの回答が意外だったのか、エンマはブハッと思いきり吹き出したあと、ヒーヒーと笑い転げた。

「え？　え？　あたしなんかヘンなこと言った？」

「あんなに黒崎《くろさき》の恋人《こいびと》宣言してたくせに、やっぱり最後は編集長モードだな」

　はっ。言われてみれば、あたしってば王子を編集部に引き戻すことばかり考えてた。

　なんだかちょっと恥《は》ずかしくなり、「仕方ないじゃん。編集長なんだから」とつぶやく。

「良かった。それでこそオレサマが見込んだ女だ。頼《たの》んだぞ編集長。あと黒崎。これはでかい貸し１だから。よーく覚えておけよ。さーてと。自販機《じはんき》にでも行ってくるか」

「エンマ！　ありがとう！」

「おー」

「あたし、最近はエンマのことも家族みたいに思ってるよ！」

　あたしが部屋を出ようとするエンマにそう叫《さけ》ぶと、なぜかエンマだけでなく王子までもギョッとしたような顔をする。

「けけけ。家族みたいか。あれ？　そういえばそっちも同じようなこと言われてたよな？　もしかしてゆのは自分が思っている以上に、オレサマが特別な存在になってきてるんじゃねーか？」

「――さっさとジュース買いに行ってこい」

あきらかに不機嫌《ふきげん》そうに告げる王子を見て、エンマは満足気に笑うと部屋から出ていったのだった。

# 19 久しぶりの再会

王子だ！　王子が目の前にいる。

会ったらぶん殴《なぐ》ってやろうとか色々思ってたけど、そんなのが全部吹《ふ》っ飛んじゃう。

「――なんて顔をしてるんだよ」

あたしは今度こそ夢じゃないか確かめるために、全力で自分の両頬《りょうほほ》をつねっていたんだけど……。

あきれ顔で王子に言われたことで逆に『本物だ』と確信した。

「そんなの決まってるじゃん。前回みたいに夢だったんじゃないか心配で。現実かどうか確かめてるの。あたし、ずっとずっと、ず――――っと王子に会いたかったんだよ！」

「ごめん」

「ごめん!?　そそそそそれって。もうお付き合いは終了《しゅうりょう》ってことでしょうか!?」

「そんなことあるわけないだろ！」

あわててそう確認《かくにん》するあたしに向かい、王子は不本意そうな顔をする。

よ……良かった。

だったらどうして避《さ》けてたのかとか聞きたいけれど、とにかく安堵《あんど》してしゃがみ込む。

「それに――ゆのがつらい時に側《そば》にいてやれなくてごめん」

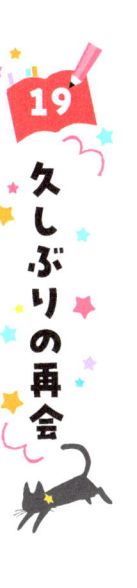

「あたしが編集者やめるって言ってビックリした？」

「ビックリはしてない。ゆのはやめないって思ってたから」

「えええええええっ。そこは思いきり驚《おどろ》いて欲しいところなんだけど！」

メッチャ落ち込んでたんだし、本当にやめようって思ってたんだから！

**「だけど今回の事を見てて思った。この『パーティー』を最後の雑誌作りにしようとしてるだろ」**

「え？」

王子の言葉に驚きすぎて、あたしは言葉を失う。

どうして――わかったんだろう。

しおりちゃんやカレンさん、エンマと『パーティー』を作るのは最高に楽しい。

だけど――やっぱり、編集者はもうムリだって思っていること。

「ゆのが編集者をやめようと思ったきっかけは、警察が来たことじゃないだろ」

「――！」

絶対にバレないように隠《かく》していた核心《かくしん》部分を衝《つ》かれ、その気持ち悪さであたしは真っ青になって下を向く。

「どうして……王子は何でもわかっちゃうの」

「世界で一番ゆのの事考えてるからに決まってるだろ」

「えええっ⁉　そうなの⁉」

「はあっ。そんなに驚くところかよ」

いやっ。そうだったら嬉《うれ》しいような……恥《は》ずかしいような。

いかーん‼　今は桃色《ももいろ》モードになっている場合ではなーいっ！

ずっと誰《だれ》にも言えなかった本当の気持ちを、勇気を出して口にした。

「あたし……すっごく怖《こわ》くなっちゃった。もし間違《まちが》った情報が出ると、あっという間に拡散されちゃう。もしこれが他人の人生やプライバシーに関《かか》わる大事なことだったら、取り返しがつかなくなる……」

あたしみたいなうっかり女王がそんな大事なものを扱《あつか》うのが怖くなって……。やっぱりあきらめた方がいいんじゃないかって思ったんだ。

「でもさ。それって編集者だけなのか？」

「へ？」

「医者だって命に関わる仕事だし、保育士、銀行員、区役所の職員、レストランのスタッフ、ドライバー、お父さん、お母さん、教師、弁護士。どんな仕事だってみんな同じように大事なものを扱ってると思うけどな」

「え……。待って待って。ギャー！　そしたらあたし……働けないってこと⁉」

どどどどどど、どうしよう⁉　そこまでヤバいなんて全然考えてなかったー！

「落ち着けって」

王子にそっと背中をさすられ、あたしはゆっくりと深呼吸する。

呼吸を繰《く》り返すうちに、昂《たかぶ》った気持ちが落ち着いてくるのが自分でもわかった。

「そうやっておそれを感じるようになったっていうのは、一歩前進なんじゃないのか？」

「前進……なの？」

「前進だろ。今のゆのは面白《おもしろ》いだけじゃなくて、正確な情報を雑誌に載《の》せなきゃいけないって思ってるんだから」

これは……前進……なの？

王子にうまく言いくるめられてるだけかも知れないけれど、胸に刺《さ》さっていた棘《とげ》が少しずつ抜《ぬ》けていくような感覚がする。

「もーっ。それならそうと早くアドバイスしてくれたら良かったのに！」

「ごめん。ちょっと死にかけてた……かも」

はあああああっ⁉　ちょ、ちょちょちょちょ、ちょっといったいどういうことおおおっ⁉

「最後にデートしたあの日。ゆのが帰ってからオソロシイ顔の生き物たちがやってきたんだ」

オソロシイ顔の生き物たち⁉

「ゆのの親父《おやじ》と先生が、うちの娘《むすめ》に絶対手を出すなって……すごい形相で」

ええええっ、それってうちのパパとママ⁉

「そのあとハルちゃんとうちのくそ親父にロープでしばられて……寒くておそろしい場所に……」

王子は何かを思い出したのかガタガタと震《ふる》えだす。

何事にも動じない王子がこんなに怖がるなんて‼

大人組はいったい王子に何をしたっていうの⁉　怖いけど気になるよー！

「大人が何言ったって関係ない！　あたしは王子とイチャイチャ、どんとこいだ――！」

その言葉を聞いて一瞬黙《いっしゅんだま》った王子が、ふっと笑う。

ふいに抱《だ》きしめられて、あたしは「ひゃっ」と叫《さけ》んでから硬直《こうちょく》する。

「なにがどんとこいだよ。――真っ赤になってる」

「それは……仕方ないでしょ！」

「ゆの、かわいい」

耳元でささやかれ、あたしは真っ赤になって飛び上がる。

「死にかけたのは本当だけど、そのあと会わなかったのは自分の意志でもあるんだ」

「それってどういうこと？」

「だって先生もゆのの親父さんもハルちゃんも……うちのバカ親父も……。ゆのにとって大事な人だろ。俺はその人たちを裏切りたくない」

自分に言い聞かせるようにつぶやく王子にギュッと抱きつく。

「なっ」

「あたしから抱きついてるんだから、いーの！　それから――はい」

「ん？」

「王子の企画《きかく》。なんかあるでしょ。早く見せて」

王子はビックリした顔で、あたしを見つめる。

「あれ？　ちがった？　王子は編集部のメンバーでしょ。ここに来たってことは、企画書の1つや2

つあるよね？」

ぶっと笑い「かなわないなぁ」とつぶやく。

**「そうだよ。遠くから見守るのはもう終わりにする。ゆのを一番近くで応援《おうえん》するのは俺だから」**

「うっ。わかった！　わかったから！　なんか近くない⁉」

「キスされると思ってドキドキする？」

思わないと言ったらウソになるけど、でも今は甘々している場合じゃなーいっ！

「企画！　早く企画見せて！」

あたしがヤケクソ気味に叫ぶと王子はクスリと笑った。

「──これ」

「ええええええええええええええええええええええええええええええっ」

「え⁉　ジャマール王国の旅行の企画じゃん！」

「**アシュラム様**から国の観光振興《しんこう》事業部の人を紹介《しょうかい》してもらった」

うっひゃー、一緒《いっしょ》についている資料はすべて英語なんですけどーっ！

海外の人と直接交渉《こうしょう》して企画をまとめちゃうなんて、王子って本当にすごい！

「あそこでトウマ先輩《せんぱい》が絡《から》んで国家をあげてのレジャーランド企画が進行中だって。学生向けの旅行特集なんて、ピッタリなんじゃないか」

ひえええ、トウマ先輩、いつの間に！

「アシュラム様、元気かなぁ」

「ああ。子どもできたって」

「えええっ」

「猫《ねこ》のな」

もー！　ビックリしちゃった。

「ジャマール王国の首都にもクロミツの銅像を建てまくるって言ってた」

いやいやっ。クロミツは可愛《かわい》いけど、ふつうの猫だから！

でも、ジャマールでクロミツ像を探しまわるのもオモシロイかも。

「あたしたちの新婚《しんこん》旅行先は、やっぱりジャマールだね！」

「――」

「え？　他《ほか》に行きたいところある？」

「ゆのと一緒ならどこでもいい」

「そうだね！　思いっきり、イチャイチャしなきゃだもんね！」

「わかってないくせに、そーゆーこと言うな。そのせいで……どれだけ俺が……」

もーっ！　未来の旦那《だんな》様は怒《おこ》りっぽいんだからー！

「ま。とにかく今まで手伝ってなかったんだから、馬車馬のように働いてもらうからね☆」

げっと王子が本気で嫌《いや》そうに顔をゆがめるので、あたしはゲラゲラと笑ったのだった。

## Character Profile

**名前**　アシュラム

**誕生日**　1月15日

**星座**　山羊座

**身長**　170cm

**血液型**　O型

**家族**　兄がいるが……。あとは国家機密だ

**★好きなもの**
ハーレム、昼寝、自由、温泉、ネコ、小ザル

**★嫌いなもの**
運命、決められたこと

**★最近あったエピソード**
ジャマール王国に来ていた青木トウマとこれからのハーレムについての話で盛り上がった。本当は一途なくせに難儀な奴だ。黒崎、本気を出されないように気を付けるんだな。

# 20 全員そろいました!?

「それでは。編集会議をはじめます。……とその前に」

「みんな……久しぶり」

「よう。黒崎《くろさき》」

「お久しぶりです」

「王子様！　会いたかったわー！」

王子がついに編集部に合流し、みんなの顔もほころんでいる。

「王子にも手伝ってもらえることになりました。馬車馬のように働いてもらうので、こき使ってね」

「「「はーい」」」

「うれしそうに応《こた》えるな！」

「黒崎は今の状況《じょうきょう》は知ってるのか」

「ああ。ゆのから聞いている」

王子の言葉に全員がうなずく。

「話を聞いて思ったことは、今のままだと企画《きかく》を落とされるということだ。でもそれは仕方ないよな、『パーティー』は、最初に立ち上げたアイツにとっては、宝物みたいな存在だろうから」

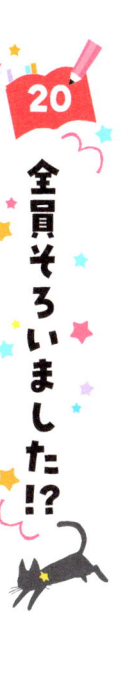

そうか。あたしたちだけじゃない。宝井《たからい》元編集長にとって『パーティー』はそれ以上の存在なんだ。

「アイツを説得するには理論武装が必須《ひっす》。それを俺が担《にな》う」

り……理論武装⁉

「アイツの考えは手にとるようにわかる。大金になる部数を見込めるものしか出さない」

「キー！　またお金のことか！　どんだけ守銭奴《しゅせんど》なの⁉」

「でもそれは見方を変えると、また違《ちが》って見えてくる」

「どーゆうことだよ？」

「たくさん作れば、それだけたくさんの書店に届けられるってことだ」

「それは宝井元編集長が『パーティー』を日本中に届けたいと思っているということでしょうか？」

しおりちゃんの言葉を聞いて、王子は小さくうなずく。それを見たあたしは、心のもやが少し晴れた気がした。

「そしたらあたしは……幕ノ内《まくのうち》先生よりヤミねこ先生に描《か》いてもらった方が、雑誌が売れるってことを会議で伝えられればいいんだね」

「そうだ。『覚悟《かくご》は伝染する』んだろ？　おまえの熱で奇跡《きせき》を起こせ」

王子があたしが集めている『言葉の標本』を口にし、ニッと笑う。

あたしは気合を入れるためにバンバンと顔をたたく。

「まずはあたしたちの企画を通そう！」

「「「おー！」」」

全員が気合を入れ、本会議に向けて動き出したのだった。

そこからは企画を書き、発表し、直しの繰《く》り返しで――。

とにかく1％でも企画が通る確率を上げるため！　あたしたちは全力で案を出し合う。

あっという間に時間が過ぎていったのだが……。

「おい。ちょっとこれ大丈夫《だいじょうぶ》か？」

ＳＮＳの管理をしていたエンマが眉《まゆ》をひそめながら、スマホの画面を見せてくる。

「何？」

「今、うちのＳＮＳを見たら、なんかヤバそうなんだけど」

みんなでＳＮＳを見てみると……。

「編集部の回答の1つが、なんか物議をかもしてる――」

「げ。あたしが返信したヤツだ」

「アンタ、何書いたのよ!?」

「ファンレターってどんな風に書いたらいいかわからないっていうから、あたしがヤミねこ先生に出したファンレターを披露《ひろう》したの」

「はあああああっ。あれを世に出したの!?　あれは異常だって言ったじゃない」

えー。そこまでヘンなこと言ってると思えないけどなぁ。

コメントを見てると『こわっ。こんなファンレター呪《のろ》いだわ』『こんなに熱心に書いてくれたら嬉《うれ》しいけどな』などクリエイターたちまでもが参戦してくれている。

「おい、編集長どうする」

「そんな決まってるじゃん」

あたしは笑顔《えがお》を作ると、ページを閉じる。

「――見なかったことにする1択《たく》!!」

「本当にそれでいいんですか!?」

ええええっ。やっぱりダメ!?

「――いや。これが一番なんじゃないか。炎上《えんじょう》には沈黙《ちんもく》が一番だから」

「炎上!? そんな物騒《ぶっそう》なこと言わないでえええ!」

「オマエが率先《そっせん》して燃やしにいったんだろうがああああああああっ!」

全員にツッコまれ、あたしはひえっと小さくなる。

「とにかくまずは明日《あした》の会議のことだけ考えましょう」

いったんお忘れ計画を発動し、あたしたちは本会議に向けて最後の準備を続けるのだった。

## Character Profile

名前
黒崎旺司《くろさきおうじ》

誕生日 6月10日
星座 双子座
身長 174cm
血液型 A型
家族 父、祖母

★好きなもの
ゆのの作る『パーティー』、新聞、本、数学、ミステリー、映画、コーヒー、すき焼き、運動、白石ゆかりのマンガ、貯金、クイズ

★嫌いなもの
甘すぎるもの、辛すぎるもの、絶叫マシン、むだづかい、計画性や理由がないこと、うるさい場所、寒さ

★最近あったエピソード
ゆのと近所にある思い出の神社に二人でお参りに行ってきた。

『パーティー』が無事発売できるようにお願いするのかと思ったら、俺との事もお願いしていて……。カワイすぎるだろ。

## 21 これが最後の本会議！

ついに『パーティー』にとって最後の本会議。

これが通らなければ、雑誌の復刊は永遠になくなってしまう。

絶対に――認めさせてやる！

「みんな、行こう！」

あたしの言葉にしおりちゃん、カレンさん、エンマそして王子が大きくうなずいた。

「失礼します」

大会議室に入るとざわっとする。

あたしたちは全員おそろいで『パーティー復活し隊』のTシャツを着て登場したのだ。

クスクスと笑い声がおきるが、こっちは必死だ。

「あたしたちが心底やりたい企画をもってきました。雑誌の目玉は、幕《まく》ノ《の》内《うち》先生ではなく、『ヤミねこ』にしたいと思っています」

あたしの説明に会議室がどよめいた。

「――なぜ今『ヤミねこ』にしたいのか説明します」

王子が作ってくれた資料と共に画面に先生の情報やマンガが映し出される。

「長編マンガも良いですが、『ヤミねこ』は4コママンガなので、ターゲット読者である学生がすき間時間で楽しめる作品です。可愛《かわい》いだけじゃない世界観でがんばる猫《ねこ》たちに、あたしは生きる希望をもらいました！　これからヒットするのはこういった瞬発力《しゅんぱつりょく》がある作品だと思います！」

「なるほど。でもこれではまだ『次世代のヒットとなる目玉企画』と言えるほどではない。説得力としては弱いな」

宝井《たからい》元編集長の言葉に、あたしはギュッと拳《こぶし》を握《にぎ》りしめる。

「そう仰るのではないかと思ってこちらも用意しました」

カレンさんが決裁の人たちの前にヤミねこで作った缶《かん》バッチを置く。

「商品開発部に相談したところ、とてもグッズとしての相性《あいしょう》も良いそうです」

「商品開発部が補足します。こちらの編集部より相談を受けましたが、たしかに特徴《とくちょう》的な猫のキャラはグッズ効果が高いと考えます。人気が高まれば企業《きぎょう》やご当地コラボなど、さまざまな展開を検討したいと思います」

「これはイラストが可愛い『ヤミねこ』だからこその価値の1つです」

「──なるほど。考えたな。知的財産として考えると？」

「ち……知的財産？」

げっ。それって何なの⁉　宝井元編集長の言葉の意味がわからず、あたしはキョトンとしてから引きつった笑《え》みを浮《う》かべた。

あたしが無言になっているせいで、さっきまでの友好的になりつつあった空気はどんどん冷えていき、会議室は痛いほど空気が張り詰《つ》める。

ひー！　このままじゃ企画《きかく》を落とされちゃうよー！

「我々は『パーティー』からメジャーキャラを生み出し、ライセンス事業の収益拡大を目指します」

王子！　何言ってるかわからないけど、ナイスフォロー！

「――なるほど」

宝井元編集長は試合でもしているかのような、楽しそうな笑みを浮かべた。

「あたしたちは雑誌『パーティー』をスタートとし、ヤミねこ先生のブームを巻き起こそうと思います。そしてSNSで一緒《いっしょ》に盛り上げてくれる読者さんと、ブームを起こしたあともさらに盛り上げるべく、新しい発信を続けていこうと思っています」

「――いいね。たしかに次につながる希望が見える説明だった」

宝井元編集長の言葉に、あたしたちは顔を見合わせ目を輝《かがや》かす。

この流れなら、企画が通るってこと⁉　そう思っていると――。

「だけどね。肝心《かんじん》のものが見えないんだ」

「肝心のもの？」

「ヤミねこ先生が大人気マンガ家・幕ノ内和人《かずと》だとは発表しないんだよね」

「はい。最初に発表するつもりはないと先生も仰ってました」

「そうか。それでは――この企画は通せない」

「なんでですか⁉」

だって今、『希望が見える説明だ』って言ってくれたのに！

「君の言うヤミねこ先生は確かにブレイクしそうな要素は多々ある。だけど現状の数字を見るとそこまで突出《とっしゅつ》したものは見えていない。そこはどう説明するのかな」

ううっ。あたしはスカートの裾《すそ》を強く握りしめる。

宝井元編集長の言うとおり、『ヤミねこ』はたしかに人気の兆《きざ》しは見えるけれど、看板にするほどの説得力はどうしても見つけられなかった。

だからこそグッズを作ったり、それ以外で説得しようと思っていたけれど——。

やっぱり宝井元編集長には、打ち消そうとしていた弱点がわかっちゃうんだなぁ。

「反論はないかな？　それでは『パーティー』の企画は却《きゃっ》——」

「——**待ってください。『ヤミねこ』が次にくる作品だと説明できます**」

死刑《しけい》宣告を告げられそうになった瞬間《しゅんかん》、王子が右手をあげた。

「旺《おう》……いや。黒崎《くろさき》君、その根拠《こんきょ》を説明してもらおうか」

「はい。ＳＮＳのこの投稿《とうこう》を見てください。画面——共有できますか？」

王子がそう言って会議室のモニタに映し出したのは、なななんと！

ヤバいから封印《ふういん》した、あの問題投稿なんだけど——っ！

「ちょっ。王子、こんなの出したら逆に企画が本当にダメになっちゃうよ！」

「そうよ！　黒崎君ともあろうものがどうしちゃったの⁉」

あわてるあたしの隣《となり》で、カレンさんも激しく同意するようにうなずく。

「──いや。オマエら、よく見ろ。これスゴイ、バズってるぞ」

えええっ⁉　本当⁉

見ている間にも、1万、2万とSNSの投稿の閲覧《えつらん》数がものすごい勢いで増えている。

「けけけ。しかも『パーティー』だけでなく、『ヤミねこ』までもがバズりだしたみてーだぜ」

エンマ⁉　アンタまで何言っちゃってんの‼

パクパクと金魚のように口を開くあたしに向かい、エンマが『ヤミねこ』のSNSページを開く。

すると、ものすごい勢いでフォロワー数が伸《の》びてるではないですかああああっ！

「くわしく説明してくれる？」

「はい。これはファンレターの書き方について質問され、編集長が返事をした投稿です。あまりの熱量に賛否両論が飛び交《か》い、投稿自体の閲覧が増えましたが──」

王子はチラッとエンマを見て、

「うちの赤松《あかまつ》が言っていた通り、ネットでファンレターの内容を読んだ人たちが、『ヤミねこ』にも興味を示したのだと思います」

そう言うと、あとは任せたというようにあたしの背中をポンと押す。

やっぱり王子は本当にすごい！

見た目がとかそういう意味じゃなくて、本当にあたしがピンチの時に、必ず助けてくれる王子様だ。

嬉《うれ》しいけど、やっぱりくやしいな。

あたしだって、絶対に王子が一番大変な時に一番近くで支えられる人になりたいんだもの。

まだそこまではできないけど、でもこれは王子がくれたチャンス。絶対にものにしてみせるから！

だからとなりで見ててね。

あたしは決意を胸に、自分の胸もとで拳《こぶし》を握りしめていた。

「この数字はこれから必ず伸びていきます。それがこの作品を推《お》す根拠です」

会議の場所では、数字や根拠で、２００冊の中で勝ち抜《ぬ》ける本であることを証明することが大事だと知った。

だけど、やっぱり会議で一番伝えたいのはこの気持ちだ。伝えたいことはここで全《すべ》て伝えよう！

あたしはまっすぐに宝井元編集長の顔を見つめながら口を開いた。

「宝井元編集長は以前の会議で、『君自身が心底やりたいって思える企画の中に、答えはあるはずだ』と言いました。今回の企画はあたしが心の底からやりたい、そして次世代の大ヒットとなるはずの企画です。その企画を引っ張りだしてくれたのは宝井元編集長――あなたです。だから、ありがとうございました」

勢いよく頭を下げてから、今日一番のスマイルを浮かべる。

**「これが、あたしが編集長として提示する、１００％面白《おもしろ》いと思える企画です！　なので安心して企画を通してください」**

あたしは今日一番大きな声でそう言ったのだった。

「――高柳《たかやなぎ》。幕ノ内先生に描《か》いてもらう話は進んでるのか？」

「――連絡《れんらく》を入れたのですが、お断りをされました」

と、高柳さんはくやしそうに報告する。

「幕ノ内先生の担当は、白石《しらいし》さんじゃないとダメだということじゃないでしょうか？」

カケル君が宝井元編集長に向かってそう進言してくれる。

「他部署との連携《れんけい》も取れていますし。私たちも全力でサポートします」

小春《こはる》さんもカケル君に続き、援護射撃《えんごしゃげき》をしてくれる。

「わかった。わかった。久しぶりに賭《か》けてみたくなったのは僕も同じだ」

え……宝井元編集長、それってつまり――。

「『パーティー』の復刊企画は承認とする」

「ぎゃあああああああああああああああああああああ！」

喜びのあまり、声があふれ出る。

「ここからが大変だよ」

喜びにひたるひまなどないとでも言うように、宝井元編集長はピシャリとした口調で言う。

「まずは紫村《しむら》さん。美肌殿下《びはだでんか》の小説の企画は映像部にも共有してる？」

急に名前を呼ばれ、カレンさんは驚《おどろ》いたように目を見開き、宝井元編集長を見つめた。

「いいえっ。していません」

「では会議終了《しゅうりょう》後すぐに小説と共に映像化の企画書を提出するように。発売とあわせてドラマ化を打診してみよう」

「はいっ」

カレンさんは軍人のようにハキハキとした声で返事をする。

「次に銀野《ぎんの》さん。ホラースポットは撮影《さつえい》許可をしっかりとって。雑誌の発売と同月に本を出すこと」

「——は？」

「銀野さん有名なんでしょ。スポットだけじゃ弱いけど、人気者の君が一緒なら話は別だ。本が売れれば、雑誌にも良い影響《えいきょう》が出ると思うけど。副編集長としてやらない手はないんじゃないかな？」

「——わかりました」

ひょえー！　大変なことになってきてる！

「白石さん」

ギクッ。席から立とうとしたあたしに向かい、高柳さんがやってきて声をかけた。

「いいかい。幕ノ内先生の1ファンとして本当に楽しみにしてるから。うちの雑誌でできることなら何でも協力させてくれ」

「あの……怒《おこ》らないんですか？」

「そりゃあくやしいよ！　だけど、先生が角丸《かどまる》から出すってことは、まだチャンスもあるってことだし。何よりファンとして先生の作品が読めることが嬉しいんだ」

「はいっ！　よろしくお願いします！」

そうだよね。ここにいるのは敵じゃない。みんな本や雑誌が好きなだけなんだ！

最初は本作りの邪魔をする冷血漢《れいけつかん》だと思ったけど、そんなこと全然なかった。

プロとして一番に読者のことを考えているこの人たちが味方になってくれるって、なんて心強いんだろう！

あたしがそんなことに感動していると、すぐ近くで王子がすごく不本意な顔をしていた。

「王子なんでそんな顔してんの？」

「──アイツわざとだな」

わざとってどういうこと⁉

「え？」

「あとから動画を配信した時に盛り上がるように、ヒール役に徹《てっ》したんだよ。強敵がいた方が動画も盛り上がるだろ」

雑誌をよりおもしろく見せるため。

それで配信する動画を盛り上げるために、わざとヒール役をやってくれたってこと⁉

ぎゃー！　あえて悪役をやってくださるなんて、カッコいい‼

「くそっ、いいところ持っていったな……ゆの、目がハートになってる」

だって宝井元編集長はあたしの初恋《はつこい》の人だもん！

本当はちょっと王子に似てるから好きだったのかな……なんてあとから思ったりもしたんだけど、恥《は》ずかしいからみんなにはナイショだ。

「みんなと協力して雑誌が作れる！　楽しみだね！」

と、自然と声が弾《はず》むのがわかる。

「絶対に成功させるように」

やっぱり宝井元編集長は一枚も二枚も上手だニャン。（おっと、幕ノ内先生の口調が伝染《うつ》っちゃった）

会議室を出ると、あたしは急いで電話をかける。

プルルルル。

呼び出し音を聞きながら、あたしの心臓はドキドキしっぱなしだ。

「――はい」

「たった今、本会議が終わりました」

「で、どうなったの？」

「通りました！　改めて、うちの『パーティー』で、先生の『ヤミねこ』を掲載《けいさい》させて頂けますか？」

「もちろんいいよ……と言いたいけど1つだけ条件がある」

条件⁉　急にそんなことを言われ、あたしは心臓をギュッと握られたように胸が苦しくなる。

「担当とは対等の関係でいたいんだ。だから僕の正体がわかっても、君は今まで通り変わらず接すること。少しでもこびたり気を遣《つか》ったりしたら、その場でやめるから」

「こびたりって……例えばどんなことでしょうか？」

「そうだな。面白いと思ってないのに、『いいですね』とか絶対に言わないで欲しいかな」

幕ノ内先生は「まあこんだけ有名な作家相手じゃ難しいと思うけど」と付け加える。

「大丈夫《だいじょうぶ》です！　さっそくキャラのことで修正のご相談をしたいと思っていたので……」

「え⁉　いきなりそこから‼」

「はいっ。先日『クロスケ』を生で拝見して思ったんですが、実は本音を隠《かく》すようなところがあるんじゃないかと思って」

**「ぶっ。あはははは！　やっぱりいいね、この感覚。次のヒット作一緒に作ろうか」**

「はいっ！」

ヤミねこ先生が笑ったわけはよくわからなかったけど、あまりにも楽しそうな声で笑うからあたしもつられて笑ってしまったのだった。

# 22 いきなり雑誌作り、修羅場《しゅらば》です！

「よーしっ。やってやる！」

正式に企画《きかく》が通ったので、角丸書店《かどまるしょてん》からはもう少し広くておしゃれな会議室を、あたしたち『パーティー』編集部に使って良いと言ってもらったんだけど。

何となくこのおんぼろ資料室が、学生の頃《ころ》に通っていた部室の雰囲気《ふんいき》に似ていて、ここで作業をさせてもらうことになったんだ。

「どんなおんぼろでもわざわざ個室を用意してもらえるなんてありがたいよね。がんばらないと」

「アホか。あれはゆののバカでかい声がうるさいから、せめてもの隔離《かくり》だろ」

ガーン！　そ……そうなの？

「ゆのさん、気づいてなかったんですか？」

ひいいっ。しおりちゃんにまで言われちゃった！

「まあ。隔離でもなんでもいいよ。思いきり雑誌が作れるんだもの！」

「それで……雑誌ってどうやって作るんだっけ？」

あたしの言葉に全員が信じられないものを見るような目を向けてくる。

「うそだろ。それすら記憶に残ってねーのかよ」

「そうじゃなくって、部活じゃないから台割もパソコンで作るのかなぁって」

台割っていうのは、雑誌のどこに何が入るのかが書いてある設計図のことなんだけど、これがないと雑誌は作れない超《ちょう》重要なものなんだ！

中学の時は手書きで作ってたんだよね。

「会社で作るなら、データが基本だろうな」

「あたしがやったら絶対に間違《まちが》えるから！　王子、頼《たの》みます！」

あたしは王子に向かって両手を合わせる。

「時間もないしな。——わかった。そのかわり手書きの台割を作れ。それをデータにするから」

王子の言葉にあたしは大きくうなずいた。

「小春《こはる》さんが教えてくださったんですが、裏表紙（出版用語では表4っていうよ！）に広告を載《の》せてほしいって依頼《いらい》が来たそうですよ！」

広告？　いったい誰《だれ》だ!?

「けけけ。聞いて驚《おどろ》け。『ジョーカー』の新譜《しんぷ》の広告だってよ」

ひゃー！　ＳＮＳをフォローしてくれただけでも嬉《うれ》しいのに、ありがたいよ！

あたしはまつりちゃんたちの顔を思い出した。

「雑誌ができたら届けに行きたいですね」

「そうだね。行こう行こう！　まずは『この雑誌に広告を出して良かった』って思ってもらえる雑誌にしなきゃだよね！」

頭からゆげが出そうになりながら台割を作ると、それを見ながら全員が記事を作ったりして雑誌作りが本格的にはじまったんだ。


髪《かみ》を振《ふ》り乱しながら、とにかく雑誌作りにいそしんでいると、

「――ちょっと。いい？」

小春さんがお仕事モードの顔でやってきて、あたしたちは人がいない資料室の外に移動した。

「雑誌作りはどう？」

「死にそうです」

「そんな時に悪いんだけど、雑誌の発売に向けてイベントをやってみない？」

「い……イベントおおおおおおおお!?」

「そう。何かおもしろい雑誌発売のイベントをやってＳＮＳで発信したら盛り上がるんじゃないかって意見が出てるのよ」

たしかにそれはスゴイ！　やりたい！　でも……。

「いいいいいい今？　このど修羅場中に、今、それを考えろと!?」

「雑誌作り以外にも仕事はあるのよ」

ううううううっ、やってやろうじゃないの！

あたしは編集部（おんぼろ資料室）に戻《もど》って、スマホの画面をオンにしてから、ヤミねこ先生に連《れん》

絡《らく》をした。

「雑誌の発売に合わせて何かイベントをしないかと言われてるんです。そういったのはありですか？」

「――イベントねぇ。例えばどんな？」

えっ。まさかのバッサリじゃなくて切り返してきた⁉

「先生の地元で、『集まれヤミねこ』とか？」

「なんだそれ」

「猫《ねこ》ちゃんを連れてきてもらうんです」

「はあっ⁉　それ雑誌に関係なくない？」

ぎゃっ。たしかに関係ない！

「先生の地元に、ヤミねこ学園に入学したい猫が殺到《さっとう》したら、楽しそうじゃないですか」

「楽しそうだけどダメ。だって猫は犬とちがって孤高《ここう》の生き物だからね。無理に連れだしたらかわいそうだ。やっぱりイベントなんて無――」

「あああっ！　そしたら雑誌×町でコラボするってどうですか？」

あたしは先生の「無理」という言葉をかき消すように、大声で提案する。

「雑誌×町コラボ？」

「発売日に先生の地元と雑誌をコラボするんです。記事にまつわるブースを設置してお祭りみたいにしたら楽しそうだと思うんですが、どうでしょう⁉」

「ふーん。町おこしね――。でも地元は離島《りとう》だよ」

り……離島⁉

「場所的に交通の便が悪いんだけど、みんな来てくれるかなぁ」

「来てくれますよ！　逆に離島だからこそいいんじゃないですか！　町にも読者にも楽しい体験ができると思います。それにあたし、先生の地元見てみたいです！――先生？」

黙《だま》り込む先生に声をかけると……。

「――いいね。そのイベントは……いいっ！」

なんか先生、一人でメチャクチャ盛り上がってくれているんですけどーっ！

まさかのＯＫでイベントをすることに。

「これさ。僕が幕ノ内《まくのうち》だってバラすための口実？」

「へ？」

「あはははっ。ぜんぜん気づいてないんだ。まだまだだなぁ」

どういうことでしょうか？

「僕だってわかれば、そこでドーンと注目されるってことだよ」

「そういうことか！」

「気づくの遅《おそ》いな。大丈夫《だいじょうぶ》かい？」

「だったらやめますか？」

「へ？」

「あたしは先生の味方だから。先生がバレないで活動したいなら、そこは先生だってわからない方法考えます」

「ありがと。だけど――もうバレてもいいかな」

「でも……」

**「それに、何があっても君は僕のところに来てくれそうだしね」**

ヤミねこ先生は、今までで一番柔《やわ》らかくて優《やさ》しい声をしていた。

「はいっ。血へドはいてもはせ参じます！」

あたしの決意表明に、ヤミねこ先生は爆笑《ばくしょう》しながらうなずいたのであった。

# 23 これが本気の編集作業！

「うわー！　すごい！　すごすぎるー！」

デザイナーさんから上がってきた表紙がカッコイイ！

感動して手が震《ふる》えちゃうよ！

「こっちもよ！　ちゃんとした小説って感じ！」

「記事ページも手書きとはぜんぜん違《ちが》いますね」

デザイナーさんから上がってくる記事のデザインを見て、感動するみんな。

部活の時はラフを描《か》いてから、自分たちで清書してたんだけどさ。

実際の雑誌になると、ラフをプロのデザイナーさんが誌面にデザインしてくれる。

お願いする時にキャッチなどの文字や画像の素材はこちらで用意し、デザイナーさんに託《たく》すんだけど、想像をはるかにこえたデザイン案の数々に感激しっぱなしでさ！

「マンガのセリフに使える書体もたくさんあるから選ぶのが楽しすぎる！」

マンガの原稿《げんこう》に載《の》せるセリフの書体や大きさも担当が選んで指定するんだ。だから、つい楽しくなっていろいろな書体を使いすぎちゃったんだけど……。

『ダッシュ』編集部の高柳《たかやなぎ》さんに見せたら、「読みにくい！」って、めっちゃ怒《おこ》られちゃった！

いろいろな書体を使いたくても、セリフやモノローグなどのフォントは基本決まっていて、『ここぞ！』って時に変えるのがコツらしい。

高柳さんから教えてもらいながら指定した書体が入った原稿は、売り物みたいでビックリしたよ。

忙《いそが》しすぎて作っている時の記憶《きおく》がないけれど……。

「進行確認《かくにん》するか」

王子の言葉に、あたしたちは大きくうなずく。

進行確認っていうのは、どのページがどのくらい進んでるのかを全体で共有すること。

作り終わったページは印刷所に入稿し、印刷所で印刷して、ある程度ページがまとまったもの（折《おり》っていうよ）を持ってきてくれる。

それを最終チェックしてＯＫですって印刷所に校了《こうりょう》の連絡《れんらく》をすると、ドバーッと本番の印刷に入るんだ。

今はその前の段階で、だいたいのページが入稿されたところなんだけど、抜《ぬ》けがないか確認するってすごく大事な作業なんだよ。

何をかくそうはじめて三《み》ツ星学園《ほしがくえん》で『パーティー』を作った時は、作り忘れたページがあったんだから。（ギャー！　思い出したくない黒歴史！）

あの時も王子が進行を見てくれて、本っっ当に助かったんだよね。あたしが王子に向かって手を合わせると、王子は一瞬《いっしゅん》、顔をしかめる。

「表紙」

「入稿しました！」

「特集」

「入稿しました」

その言葉を聞き、王子がマーカーで線を引いていく。

台割がどんどんペンで塗《ぬ》られていくと、めちゃくちゃ気持ちいいんだよねー！

「――全部のページが入ったね！」

あとは校了の連絡をすれば雑誌が出る！　もう一息だ！

# 24 トラブル発生！

ついに校了《こうりょう》日。

校了日には、印刷所が持ってきてくれた『校了紙』を全員でまわして見る。

これが、雑誌になる前に確認できる最後の機会だ。

「絶対に見落とすなよ。特にゆののページはな！」

「皆《みな》さん！　マジで誤植あるから！　たくさんあるからよろしくお願いします！」

「編集長が絶対あるとか胸はって言うんじゃねー！」

エンマがあきれた顔でそう告げる。

自分以外の担当ページをしっかり読むのが実は初めてだったりするので楽しいけれど。

時間との勝負でもあるので、読者気分で見すぎてもいけない。

「ちょっと！　アンタ、見落としあるわよ！」

「ちっ、仕方ねーだろ」

「何度も読みすぎて、目がすべってしまいます」

これ編集者あるあるらしくって。

疲《つか》れのせいなのか、同じページを見すぎてるせいなのか、ビックリするようなところを見落としちやうんだよね。

ま、あたしは全体的に見落としばっかりだけど……。

「――タイトル」

「ん?」

「タイトル間違《まちが》えるアホがどこにいるうううううううううううううう!」

ギャー! やらかしたあああああああああっ。


そうするとやっぱりカレンさんのページはスゴイなぁ。

小説って文字ばっかりなのに、ぜんぜん間違いが見つからないもの。

カレンさんは「当然よ」とばかりにふふんとした顔をする。

「――でもちょっとヤバいな。みんな慣れない作業で疲れてるのもあって、間違いが拾いきれない」

「プロの校正者さんに見てもらえないの?」

「雑誌は時間がないのもあって、校正者に頼《たの》めないんだよ」

うおおおおおっ。不安だ! 不安だよおおおおおおおおお!

「――僕を呼んだかな?」

その声は……灰塚《はいづか》先輩《せんぱい》‼

「あの先輩、校正の仕事は?」

「黒崎《くろさき》から校了日だけは手伝ってもらえないかと泣いて頼まれてな」

「泣いてはいないですけど……」

「帰るとするかな」

「王子！　泣いて‼　今すぐ泣いて！」

「いったあああああっ。おいエンマ、頰《ほお》をつねるな‼」

「けけけ。油断してる方が悪いんだぜ」

「灰塚先輩！　お願いできますでしょうか？」

あたしは高速で何度も土下座を繰《く》り返す。

「ふんっ。まあ最初から手伝うつもりだったがな」

灰塚先輩のツンデレさんめ！　でも、灰塚先輩。本当に頼もしいです！

「……といっても素読《すよ》みになるぞ」

素読み？

「ああ。内容面は考えず、日本語が正しくないものだけチェックする」

「ありがとうございます！　それで十分です」

**「って、——おい。これは何だ」**

早速、読み進めてくれていた灰塚先輩はカレンさんのページで手を止める。

「美肌殿下《びはだでんか》さんの小説です！　めっちゃ面白《おもしろ》いですよね」

「面白いか面白くないかじゃない。監修《かんしゅう》者の名前が抜《ぬ》けてるだろ。こんなんで校了したら大変なことになるぞ」

監修者？　大変なこと？

あたしとカレンさんは顔を見合わせる。

ドクドクドク。

灰塚先輩の剣幕《けんまく》に、なぜかものすごくイヤな予感がする。

「すみません。監修者って何ですか？」

「この小説は医療《いりょう》を扱《あつか》っているだろ。専門的な知識が必要な作品の場合、それが本当かどうかを確認《かくにん》監督《かんとく》する監修者を入れなくてはいけない。ドラマや映画なんかでもあるだろ」

「で……でも、あれはドラマとか映画だからでしょ」

「そんなわけないだろ！」

「で……でもこのお話はフィクションだよ？　フィクションでもダメなの？」

「あたりまえだ。医療の間違った情報を広めてはいけないからな」

「──そ……そんな。どうしよう。監修ってきっと時間がかかるよね？　間違ってる可能性があるものは出せないから、雑誌が間に合わない……。どうしよう──本当にごめんなさい」

カレンさんは真っ青になって震《ふる》えながら、その場にしゃがみ込む。

「カレンさんのせいじゃない。これは──編集長であるあたしのせいだよ」

爪《つめ》が食い込むほど拳《こぶし》を握《にぎ》りしめながら、あたしは口を開いた。

「ちがう……っ。あたしの──っ」

「カレンさん。ちがわないよ。だって編集長は雑誌の全責任を負うから、編集長って名前が与《あた》えられるんだもん。あたしは未熟だから。もっと早い段階で、社員の人に意見をもらって気づかないといけなかったんだ」

それに気づきもしない自分の力不足が、本当にくやしくてくやしくて——ふがいなくって。

絶対に泣くもんかと思いつつも、視界が涙《なみだ》でぼやけてくる。

「感傷に浸《ひた》っている暇《ひま》はない。印刷所の担当がまだ社内を回ってるはずだ！　データが印刷にまわらないように取《と》り戻《もど》せ！　取り戻せえええええええええっ！」

灰塚先輩の言葉に飛び上がり、あたしたちは全力で走り出した。

「仕方ない。こうなったら、あの人に連絡《れんらく》するしかないな」

「あの人？」

「決まってるだろうが。西園寺《さいおんじ》会長だ。もう呼んである」

「さすが灰塚先輩！　仕事が鬼《おに》早い！」

感心しながらうなずいていると、

「そうですか？　僕からするとまだまだですけどね」

と、突然《とつぜん》背後から声がして、あたしは驚《おどろ》いて飛び上がる。

「西園寺会長！　も……もうこちらにいらっしゃったんですか？」

「僕は弁護士を目指していましてね。こちらの法務で勉強させて頂いてるんですよ」

法務‼　法律関係を扱う部署もあるんだ。

それにしても、足音も気配もなく現れて、忍者《にんじゃ》なの⁉

「弁護士っていうより検事ってイメージじゃないですか？」

「いや。逆にハマりすぎるから、絶対になって欲しくないな」

「何をコソコソしてるんですか。僕は兄だけのために、法律の分野から兄を支えるんです」

「「「「……」」」」

うっとりとする西園寺会長を見て、あたしたちは見ちゃいけないものを見てしまった気がして、そっと目をそらした。

西園寺会長はカケル君の弟なんだけど、本当は超《ちょう》ブラコンだったようでして！

兄の彼女であるカレンさんを目の敵《かたき》にしてるみたい。

「あなたたちが作る雑誌がいかに危険かわかりました。僕が許諾《きょだく》や著作権をふくめ安全かチェックします」

「西園寺会長、本当に……。本当にありがとうございます。あとは監修者の方も――」

「それはムリです」

と、西園寺会長は苦虫を嚙《か》みつぶしたような顔で、あたしに告げる。

「監修はこちらでどうこうできる話じゃない。専門家のチェックなんですから」

専門家のチェック……。今から探したとして、いったい一晩で見てもらえるものなの？

「監修の戻りは1か月以上かかると思った方がいいですね」

西園寺会長はまるであたしの不安を見抜《みぬ》いたかのように、そう告げる。

「いやいやっ。1か月なんてムリですよ！　おそくとも明日《あした》の朝イチまでには見てもらわないと！

大々的に発売告知しているし、注文も取ってるよね。絶対に外すわけにはいかないし、外したら雑誌にならない」

どうしよう、どうしよう、どうしよう。

あたしが編集長なんだから、あたしがしっかりしなきゃ。

だけど……。どうしたらいいかわからない。

「まあ、方法はありますよ」

あたしたちはパーッと顔を輝《かがや》かせ、西園寺会長の言葉の続きを待った。

「訴《うった》えられて裁判になったら、手伝います。そっちが本業ですから」

ゾー。そんな大ごとになっちゃうのおおおおおおっ⁉

「――どうしたらいいんだろう」

「ゆのさん、一刻を争います。すぐに各所へ向けて発売延期の連絡をしましょう」

あたしはしおりちゃんの言葉に、何も言い返すことができなかった。

## Character Profile

| 名前 | 灰《はい》塚《づか》一《いち》郎《ろう》 |
|---|---|
| 誕生日 | 1月1日 |
| 星座 | 山羊座 |
| 身長 | 180cm |
| 血液型 | A型 |
| 家族 | 父、母、妹、兄 |

★好きなもの

あらゆる辞書&辞典、
新聞、アイドル、歴史、
クロスワード

★嫌いなもの

推しアイドル以外の
キラキラしたもの、
さわがしいもの、かんたんなもの

★最近あったエピソード

困った。ここだけの話だが、まだ身長が伸びている気がする……。
西園寺会長にバレないように、
身体を屈めているが絶対にバレている気がする……。頼む、縮んでくれー!(祈)

## Character Profile

| 名前 | 西《さい》園《おん》寺《じ》忍《しのぶ》 |
|---|---|
| 誕生日 | 11月8日 |
| 星座 | 蠍座 |
| 身長 | 168cm |
| 血液型 | B型 |
| 家族 | 父、母、兄 |

★好きなもの

お菓子作りでしょうか?

★嫌いなもの

思いあたりませんね

★最近あったエピソード

最近の出来事?　平凡な毎日なので特にお話しするような事はないですよ?
え、紫村カレンと灰塚一郎?
耳が汚れるのでその名前は出さないでください。(氷の微笑)

# 25 間に合わせます！

「発売延期？　監修《かんしゅう》してない？　なんだそれ！」

「とにかくネット書店の情報を止めるぞ」

大人たちの言葉を聞いたあたしは、部屋を出ると、頭をかかえてしゃがみ込んだ。

本当に何もできない？　考えろ考えろ考えろ。

「おいっ！　ゆの？」

王子に声をかけられ、ハッと我にかえって立ち上がった。

「ぶはっ。息するの忘れてた！」

1点を見つめながら集中しすぎていたせいか、息するのを忘れちゃってた。

他《ほか》の部署に連絡《れんらく》に行ってこっぴどく叱《しか》られたあたしを心配した王子が、捜《さが》しに来てくれたみたい。

「顔色悪いぞ。少し休んだ方がいい」

「こんな時に休んでなんていられないよ！」

そう叫《さけ》んだ瞬間《しゅんかん》、グラリと身体《からだ》がよろける。

「危ない！　とにかくいったん休もう」

王子に支えられ、あたしたちは休憩室《きゅうけいしつ》にやってきた。

「――こうなったら俺たちができることは――」

王子はそこまで言うと、苦しそうにだまりこむ。

本当に？　本当に何もないのだろうか。

「どうしよう。あたしが雑誌を作りたいなんて思ったから。結局、あたしのせいで……いろんな人に迷惑《めいわく》をかけちゃった」

くやしさと悲しさとふがいなさがないまぜになり、視界が涙《なみだ》でゆれる。

「――**一人だけ……あてが……ある**」

「本当⁉　お願い、今からその人に連絡して。あたしお願いするから」

監修をしてもらえるなら、どんなことでもする。

「お願いとかそういうレベルじゃなくて……。ものすご――くクセのある人なんだ。とにかく絶対に相手の機嫌《きげん》を損《そこ》ねるなよ。あの人が機嫌を損ねたらそこでおしまいだ」

「合点承知の助だよ。王子……本当にありがとう。何でもするからお礼考えといて！」

そう言うあたしの顔に、王子の顔が近づいた。

「！！！？！！？◎＄＃！！？」

「――お礼、先払《さきばら》いでもらっとく」

ギャー！　これから大事な連絡をするっていうのに！

あたしの頰《ほお》の熱さはなかなかおさまることはなかったのだった。

## 26

# 監《かん》修《しゅう》してください！

「——よし。つなぐぞ」

王子はそう言ってからタブレットを開き、WEBミーティング機能で誰《だれ》かを呼び出しているようだ。

少しうしろの方で、しおりちゃんとカレンさんとエンマも様子を見守っている。

少ししてから、バッと画面から鬼《おに》のような表情の女性が現れた。

「クロサキ！　アンタ何勝手に帰国してるの？　私は許可した覚えはないわよ」

「それは……すみませんでした」

ギャー！　なに⁉　この白衣の下にボンッ、キュッ、ボンを隠《かく》し持った女性は！

年はママと同じくらいに見えるけど、なんか……ものすごいパワーを感じる。

「悪いと思ったら、今すぐ戻《もど》ってきなさい！　そしてまた一緒《いっしょ》に熱い夜を過ごすの。そしたら許してあげなくもないわ」

あ……熱い夜うううううううう⁉　そう聞こえたのは気のせいですよね⁉

ものすごい目でにらみつけると、王子は誤解だというように首をふる。

このあわてっぷりがおかしい！

「あのっ。熱い夜というのはどういうことでしょうか？」

「バカ。まだ出てくるな」

「このおサルさんは何？」

子ザルと呼ばれた頃《ころ》がなつかしい！　ってちがーう！

あたしはもうれっきとしたお姉さんなのに！

「前に話した……」

「フィアンセ？　まさか」

パソコンのカメラに近づいたのか相手の顔がドアップになる。

「まさかってどういう意味ですか⁉　しかも『熱い夜』って――」

聞きずてならないんですけどーっ！（心の中で絶叫《ぜっきょう》）

「言葉通りの意味よ」

「王子と熱い夜を過ごすのは、あたしだけです！」

「まだ過ごしてないくせに」

「過ごしてますよ！　今もめちゃくちゃ熱い夜を過ごしてます！」

「ど……どんな風に」

興味しんしんなのか、その人は鼻息荒く、画面に近づいてくる。

「今は4人と……」

「4……4人！　うそでしょ、そんなっ。激しいわっ」

「4人と雑誌作ってます！」

「――」

ポカーンとする先生。

「熱い夜って、その雑誌作りのこと？」

「はい！」

「ふっ。あははははは！」

愉快《ゆかい》そうに笑う。

「私たちもそうよ。論文という熱い夜」

そういうことか。あたしはホッとして胸をなでおろす。

「まだ彼が必要なの。私のところへ返してちょうだい」

「わかりました。一度そちらにお返ししますから、お願いを聞いてくれますか」

えっ、という顔をする王子。

「あらー☆　いい子じゃない。お願いって何？」

「一晩でこれを監修してください」

「……は？」

王子は小説に監修者がいなかったことを説明した。

「ダメよ私は忙《いそが》しいの！　これからようやくネット配信番組をイッキ観《み》するのよ！　絶対に無理」

「やった！　それって自由時間って奴《やつ》ですよね」

「ちがうわよ！　アンタのフィアンセはバカなの⁉」

「否定はできません……」

なっ。そこはちゃんと否定してよー！

「そもそも。フィアンセっていうのが信じられないわ」

「『それは本当です！』」

「じゃー、証拠《しょうこ》見せなさいよ」

証拠？

「今ここでキスしてみて」

「わかりました。王子いくよ！」

「――は!?　いってえええええっ」

あたしは王子にほぼ頭突《ずつ》きのようなキスをした。

「それがキス!?」

「はいっ。熱烈《ねつれつ》すぎてビックリされましたか？」

あたしの言葉に画面の向こうの女性はあっけにとられたように口を開けてから、「クロサキ。アンタも大変ね」と同情半分からかい半分にも見える笑《え》みを浮《う》かべた。

「楽しめたからまぁいいわ。それで？　アンタたちが言ってるその原稿《げんこう》は面白《おもしろ》いの？」

「めちゃくちゃ面白いです！」

「ふーん。いいわ、監修はする。そのかわり私が観るはずだった番組より面白くないと思ったら、そこでやめる。それでいい？」

「はい！　ありがとうございます！」

「ちょっと、ゆの。いきなり見てもらって大丈夫《だいじょうぶ》か……ちょっと不安で」

「大丈夫だよ。すっっっごく面白かったから。それにカレンさんの自信作でしょ？」

そう言ってほほ笑《え》みかけると、カレンさんは「当然よ」と言ってから小さな声で「ありがとう」とつぶやいた。

「わかった。原稿を送って頂戴《ちょうだい》。すぐに読むわ」

「「「「ありがとうございます！」」」」

画面に向かってみんなで頭を下げる。

「各部署に発売延期の作業を止めてもらうように連絡《れんらく》してくる！」

「こっちは他《ほか》のページをどんどん最終チェックしていくぞ！」

夜おそくに、ようやく小説以外の折（ページをまとめたもの）を印刷所の人に渡《わた》し終えた。

「あああああっ。どれだけ待ってもらっても朝イチの最終便になっちゃうよ……！」

「大丈夫だ。いまは信じて待とう」

「王子。先生を紹介《しょうかい》してくれてありがとう。しかもフィアンセって言ってくれた」

「だって——事実だろ」

「そこおおおおおっ！　この大変な時にイチャイチャしてんじゃないわよ！」

激レアなすっぴんのカレンさんに怒鳴《どな》られ、あたしは「失礼しました！」と土下座する。

「あのぉ、お話し中に申し訳ありません。杉沼《すぎぬま》印刷の者ですけど、最後の原稿はいかがですか？」

ひ――――！　この声は印刷所の担当様っ！　朝イチの便が来ちゃった――っ！（絶望）

**「今持って帰らないと絶対に間に合いません！　本っっっっ当に間に合わないんです！」**

「すみませんあとちょっとだけなんです！」

頭を下げてくる印刷所の担当さんに向かい、こっちは高速土下座しながら謝り倒《たお》す。

「あとちょっとって――何時何分何十秒ですか⁉」

「え……ええと、あたしの口からはちょっと……」

だって『まだどのくらいかかるか見当もつきません』なんて言ったら、倒れちゃうもの！

もうすでに倒れてしまいそうな印刷所の担当さんにそんな言葉言えないよー！

時計の針が９時30分をさそうとしているのが見える。

もうダメかも……と思ったその時、ヴヴヴとタブレットに通知の音が鳴る。

「――終わったわよ」

画面に先生が現れ、目の下にクマを作りながらそう告げた。

「ありがとうございます！」

あたしと印刷所の担当さんは画面に向かって頭を下げる。

「気になるところチェックしておいた」

「げ」

メールで送られてきた原稿を見ると、なんか書き込みがいっぱい入ってるんですけどおおおおおおっ。

真っ赤なペンで書かれた文字の量を見た印刷所の担当さんは、バタンと倒れる。

「――終わった。落ちた。ゆのじゃなくてあたしのせいで雑誌が落ちた……」

「わ――っ。カレンさん、気をしっかり！　赤字って……ん？　よく見て！　これほめてるよ？」

あたしの言葉にカッと目をかっぴらき、カレンさんはパソコンに近づいてくる。

「医師として読んでも非常に面白かった。有意義な時間になったわ」

「ありがとうございます！」

「次の話が出る時も、私を監修者にするように」

「はいっ。必ず！　今回は本当にありがとうございました！」

私は笑顔でそううなずく。

「こ……これって、間に合っ――た？」

緊張《きんちょう》の糸が切れたのか、ヘナヘナとしゃがみ込むカレンさんに向かい、あたしはウンウンと大きく首をたてにふる。

「間に合った！　間に合ったんだよー！　印刷所の方！　起きてください！　上がりました！　上がりましたよー！」

急いでデータの準備をしたあと、ショックで倒れてしまった担当さんを起こす。

「最後の原稿が上がりました！　お待たせしてしまって本当に申し訳ありませんでした」

「え⁉　…あぁ、はい。たしかに。――お疲《つか》れ様でした‼」

疲れた声をしていた印刷所の担当さんの声が、力強いものになる。

早朝のあやしいテンションもあって、みんなで感極《かんきわ》まってガシッと互《たが》いをだきしめあう。

「よろしくお願いいたします！」

こうしてあたしたちは最大のピンチを乗り越《こ》え、無事に最後の原稿を渡すことができたんだ。


外の空気を吸いたくて、寝落《ねお》ちしている他の人たちを起こさないように、あたしと王子は屋上へと移動した。

「わー！　外がめちゃくちゃ明るくなってる」

気がつくと、薄暗《うすぐら》かった空には雲の合間に青空が広がっている。

「こんなに修羅場つづく？　ってくらい色んなことがあったよね。あと、あたしさ。王子の言ってたことちょっとわかったかも」

「わかったって……。何を？」

「一緒にいるとくっつきたくなるよね。ガマンできないなら離《はな》れるしかないっていうのが……わっ」

そう言った瞬間《しゅんかん》、王子にギュウウッと抱きしめられた。

「――ようやく俺の気持ちがわかったか」

「わかったわかった。こうしてるだけで幸せだもんね」

好きな人にギュッとされるだけで、他に何もいらないくらい幸せだなーって思う。

「――幸せだけど、足りないんだよね。これだけじゃ」

足りない？　もっとギュウギュウ力をこめろって？

頑張《がんば》って力を入れてみるけど、反応なし。

王子の唇《くちびる》が耳にふれそうなほど近づく。

「わわっ」

「ブランデーチョコ食べたの日のこと覚えてる？」

「覚えてる覚えてる」

「お菓子《かし》のブランデーにちょっとフワフワしてて可愛《かわい》かったな」

ん？　あたしがフワフワしてたって、なんで王子が知ってるの？

「――夢の内容ってまだ覚えてる？」

王子にささやかれ、あたしはうなずく。

「そりゃあ覚えてるよ。だってあの夢の中の王子のキス、なんか――すんごかったから――って、なんであたしの夢のこと知って……」

そう言いながら、あたしはギョッとする。

えええええええええええっと待って！　あれは夢じゃなかったってこと⁉

「たぶん。もっとすごいけど大丈夫？」

「まままままま、間に合ってますー！」

「――」

あたしは真っ赤になって、そう叫《さけ》んだのでありました。

# 27 まさかまさかの⁉

「あの。お疲《つか》れ様です」

そう言ってやってきたのは、印刷所の担当者さま。

「へへー！　お疲れ様です！　いろいろ本当にありがとうございました！」

あたしはあわてて駆《か》け寄ると、神様に拝むように何度も土下座した。

「わわっ。やめてくださいよ！」

「急にいらしてどうしたんですか？」

「あの。さっき急きょ表紙の差し替《か》えの連絡《れんらく》が来て。念のため確認《かくにん》をと思って持ってきました」

差し替え？　なんのこと⁉

身に覚えのないあたしたちは、互《たが》いに顔を見合わせ首をかたむける。

「これです」

なんだろう……。見る前から、すご――――くイヤな予感がするんですが！（汗）

「――え。何これ……」

表紙は青木《あおき》トウマ先輩のドアップ写真がドーンと使われていて、大きく『**おかえり！　神の子・青木トウマ**』と書いてある。

ひええええええっ、表紙のデザインがぜんぜんちがうんですけどおおおおおっ。

や……やられたああああああああああああああああああああっ‼

そういえば、部署見学の時に営業部に見本誌を持ってきた男の人……。

誰《だれ》かに似てるなーと思ってもう一度見ようとしたら消えちゃったんだよね。やっぱりあれはトウマ先輩《せんぱい》だったのか！

きっと先輩のことだから、そのころからあたしたちの動きを見ていたに違《ちが》いない。

「――抹殺《まっさつ》するか」

「ええ。今すぐに準備にとりかかりましょう」

ひー！　エンマとしおりちゃんの怒《いか》りの高まりがすごいっ。

「チャオ！　みんな、お・ま・た・せ☆　この物語の主役‼　青木トウマが登場だよー！　さ

あご一緒《いっしょ》に！　キャー！　ト・ウ・マ！　ト・ウ・マ！」

「「「「――（怒）」」」」

まるで一人だけ高原からやってきたような清々《すがすが》しい空気をまといながら、トウマ先輩が現れる。

「感動して声が出ない？　そうだよねっ、神にもっとも近いトウマ様を生で拝んだら声が出ないよ。わかるっ、わかるよ！　さあさあ。もっと涙《なみだ》を流して。あがめたてまつってくれていいんだよ♪」

そう言いながら、トウマ先輩は紳士《しんし》のように優雅《ゆうが》なしぐさでハンカチを差し出してくる。

トウマ先輩から高そうなハンカチを乱暴に奪《うば》いとると、チーンとおもいきり洟《はな》をかんでやった。

「ああ――‼　なにするのさ！」

「連絡もよこさずずっとどこに行ってたんですか――っ！　心配したんですよ！」

「しかもこのデータは何なんですか！　この大事な時にふざけないでください！」

「えー。黒崎《くろさき》君。顔こわいよー。久しぶりの再会なのに！　ほら、笑って笑って♪」

「笑えるかああああああっ！」

王子までも怒りスイッチが壊《こわ》れたのか、トウマ先輩をがみがみと叱《しか》り倒《たお》す。

「みんなまでそんな顔して。でも、心配してくれていたゆのちゃんだけは味方だよね？」

「もちろん味方です。味方なので原稿《げんこう》描《か》くまで帰しませんから」

「え？」

「トウマ先輩、作業の最後の最後で連絡が途絶《とだ》えたでしょ！」

「アレはもう終わりっていうかー。よく覚えてるね」

トウマ先輩が言う『アレ』は、もちろん新しいマンガの原稿のことだ。

仕上がりが見えたところで、連絡が取れなくなっちゃったから、本当に心配したんだから。

「覚えてるにきまってるでしょ！　あたしずっと続きの催促《さいそく》のメールしてましたよね⁉」

「ゆのちゃんのメールって情熱的だよね。届くたびもっともっと欲しいって思っちゃうんだよなぁ」

いやいやっ。もっともっとって……何を言っちゃってるの⁉

「原稿上げちゃうとさ。ゆのちゃんからのあのメールが来なくなっちゃうわけでしょ。だから原稿は永遠に上げないことにしたんだよ。こうすれば僕らの関係は永遠に切れないのさ☆」

はああああああああああっ⁉（怒）

おまわりさーんっ。ここに外道《げどう》！　外道がいますよー！　逮捕《たいほ》してください！

それが本当だったら、速攻《そっこう》しおりちゃんに呪《のろ》ってもらうところなんだけど！（ガッデム！）

「おい今から変更できるのかよ？」

エンマに向かい、あたしはグッと親指を立てる。

「大丈夫‼　トウマ先輩のこの手のトラブルは慣れてるから、何とかする‼」

ふうっと大きく息を吐いてから、あたしはカッと目を見開いた。

「トウマ先輩、載《の》せるならページを増やすのでマンガ原稿を。それ以外は認めません！」

「なんで！　大株主になった僕が表紙だっておかしくないのに！」

「お……大株主ぃいいいいいいいい⁉……っていったい何してる人ですか」

あたしの言葉にトウマ先輩がずっこける。

「あのね。大株主っていうのは、この会社への影響力をいっぱい持ってるってこと。決定権は僕にあるってわ・け」

トウマ先輩から差し出された名刺《めいし》には、たしかにそんな事が書いてあって……。

驚《おどろ》きすぎて開いた口がふさがらないよ！

「それならなおさら邪魔《じゃま》しないでください！」

「ひどっ。雑誌を盛り上げるために、表紙に出てあげるよって言ってるのに」

「トウマ先輩が盛り上げるのは原稿ですよ」

「そうは言われても最近描いてないし、何より道具もないし」

「あります」

「え？」

「いつ来てもいいように、持ってます」

「いや！　僕は忙《いそが》しいからアデュー！」

がしっ。

「王子⁉」

「俺が手伝いますから。死んでも原稿上げてください」

その言葉を聞いたトウマ先輩は「いやあああ‼」と断末魔《だんまつま》のような悲鳴を上げた。

そんなこんなでトウマ先輩の最後の原稿が上がり、関連ページをすべて差し替え、すべてのページが無事に印刷所へ渡《わた》せたのだった。

## Character Profile

| | |
|---|---|
| 名前 | 青《あお》木《き》トウマ |
| 誕生日 | 12月 25日 |
| 星座 | 山羊座 |
| 身長 | 177cm |
| 血液型 | A型 |
| 家族 | 父、母、双子の姉、そのほか |

**★好きなもの**

女の子（小鳥ちゃん）は、
みーんな大好きさっ！

**★嫌いなもの**

この星に男子は僕意外いらないと
思うんだよねぇ。
〆切、努力も嫌い!!

**★最近あったエピソード**

原稿作業で死ぬかと思ったけど、ゆのちゃんの悲痛な顔も嬉しそうな顔も、
どっちも大好きで、見たいんだよね。
僕ってマゾ？　サド？　あ、どっちもアリな青木トウマ様か☆

# 28 雑誌作り、無事に終了《しゅうりょう》！

「すべてのページ、無事に校了《こうりょう》しました」

「「「「「おおおおおおおおおおおおおっ！」」」」」

王子の言葉に、あたしたちはガッツポーズをする。

全部が終わったお祝いに、ママ、ハルちゃん、宝井《たからい》元編集長たちも集まり、みんなでミニ打ち上げをすることになってさ。

あたしたちは『そよ風カフェ』からケータリングを頼《たの》み、ささやかなお祝いをしていたんだ。

「トウマ先輩《せんぱい》、お疲《つか》れ様でした」

あたしは原稿《げんこう》を描《か》き上げさっきまで爆睡《ばくすい》していたトウマ先輩に、缶《かん》ジュースを渡《わた》した。

「あれ？　今日はおはよーのチュウはしてくれないの？」

「そんなことしたことないじゃないですか！」

トウマ先輩は少しねぼけたような顔をしたあと、「そ

うだったっけ？」と首をかしげる。

「まだ夢の中ですか？　早く起きないとピザがなくなっちゃいますよ」

「――やっぱりゆのちゃんは雑誌を作っている時が一番チャーミングだね」

驚《おど》くほどやさしいトウマ先輩のその口調に、あたしはハッとある考えが頭をよぎる。

**「あの……トウマ先輩。もしかして――」**

「あああああああっ。ちょっと僕のピザ‼　全部食べようとするなんてずるいよ！」

あたしの言葉を遮《さえぎ》るように、トウマ先輩はみんなの方に向かってそう叫《さけ》ぶ。

「僕、ピザ取りに行ってくるね♪」

トウマ先輩はあたしの頭をポンポンとたたくと、みんなのいる方へと向かっていった。

あたしはある疑念を抱《かか》えながら、トウマ先輩の背中を見送るのだった。

# 29 約束したのに‼

「杉沼《すぎぬま》印刷です。見本お持ちしました」

印刷所の人が届けてくれた見本誌の束が積まれた台車に、あたしたちは駆《か》け寄った。

「本当に……本屋さんで売ってる雑誌と同じですね」

そう言いながらしおりちゃんが、パラパラと雑誌をめくる横で、

「ひいっ。あたし……手が震《ふる》えてうまくめくれないんだけど！」

と騒《さわ》いでいるのがカレンさん。

「エンマは読まないの？」

「ああ。まあな」

「まさかもうミスを見つけたとかあああああっ⁉」

「ちげーよ。ちょっとくらい感動に浸《ひた》らせろよ」

「わっ。エンマってば雑誌が届いて感動してたの⁉　意外にピュアなところあるじゃ——ひっ」

ギロリとにらまれ、あたしはあわてて口をふさいだ。

ピカー！　ガラガラガラ——ドーン！

落ちたのはエンマの雷《かみなり》ではなく、一昨日《おととい》から続いている雷雨《らいう》。

あたしたちの近隣の地域で洪水警報《こうずい》が発令しちゃったりしてるんだ。

「ゆのちゃん、いる？　ちょっとマズイわ」

顔を曇《くも》らせながら小春《こはる》さんがやってくる。

「マズイとは……どういうことでしょうか？」

「この大雨で交通トラブル発生よ。このままじゃヤミねこ先生のイベントに雑誌が届けられないわ」

えええええっ。それって大問題じゃないですか！

「あの。それって何とかならないんでしょうか？」

「何とかしたいところだけど、雑誌は実際に人間がトラックや船や飛行機で運ぶから。その人たちにムリをさせることはできないわ」

そうか。今まであんまり気にしてなかったけど、全国に雑誌を届ける仕事をしてくれる人たちがいるから、あたしたちは発売日にあたりまえのように本が読めていたんだ。

「ヤミねこ先生は現地にいらっしゃるって言ってたわよね。島は晴れてるらしいけど雑誌が届かない以上、このままじゃイベントを中止するしかないわ」

「それだけは絶対にダメです！」

かぶせるように強い口調であたしが言うと、小春さんは驚《おどろ》いたように目を見開いた。

「絶対にダメって……」

「ヤミねこ先生から角丸書店《かどまるしょてん》と仕事をしなくなった理由を聞きました。前の担当さんがイベントにトラブルで間に合わなかったって。だからこの仕事をお願いする時に先生と約束したんです。あたしは絶対に先生を一人にしないって」

「そんなのわかってるわ！　だけど……相手は天候なのよ⁉　どうすることもできないじゃない！」

いつもは落ち着いている小春さんが、声を荒らげる。

「自分で持って届けたらどのくらいかかるんでしょうか？」

「はあ⁉　この雨の中何考えてるのよ！　そんな危ないことさせられないわ」

「でも——イベント会場にはヤミねこ先生だけでなく、雑誌を待っている読者さんたちも集まってくれてるんですよ」

ＳＮＳでは、蒼《あお》ノ《の》島《しま》に到着《とうちゃく》した読者さんたちのコメントがたくさんあった。あたしはその人たちも裏切れない！

「とにかくこっちも状況《じょうきょう》を確認《かくにん》してくるから、状況が見えるまであなたたちはおとなしくしてなさい」

小春さんは早口でそう言うと、足早にあたしたちのもとから去っていったのだった。


資料室に残されたあたしたちは、誰《だれ》一人言葉を発さなかった。

しばしの沈黙《ちんもく》のあと、あたしはパンパンと自分の頬《ほお》をたたいた。

「ゆの、どうしちゃったのよ⁉」

「やっぱりジッとなんてしてられない！　あたし、ちょっと持てるだけ雑誌を持って行けるところまで行ってみる」

「バカ！　この豪雨《ごうう》よ⁉　もしケガでもしたらどうするの？」

ううっ、カレンさんの言葉はもっともだけど。やっぱりジッとしていられないよ！

「――ゆのの代わりに俺が行く」

席を立ちロッカーからレインコートを取り出そうとする王子に向かって、

「ダメだよ！　王子にそんな危ないことさせられない」

と、あたしは叫《さけ》ぶ。

「おまえが危ない目に遭《あ》う方が、俺にとってはツライんだよ！」

「黒崎《くろさき》。何熱くなってる。らしくねーぞ」

エンマが王子の肩《かた》をそっとたたく。

「ゆの、オマエもわがままばっかり言うんじゃねぇよ」

「二人の気持ちはわかるけど――だけど、ヤミねこ先生や読者さんを裏切ったら、あたし二度と自分を許せない」

唇《くちびる》をかみしめそう言うと、ずっと黙《だま》っていたしおりちゃんがポツリとささやいた。

「――**不確かではありますが、方法は……あります**」

「銀野《ぎんの》、それって本当か⁉」

「はい。古い魔術《まじゅつ》に天気を操《あやつ》るものがあります」

「しおりちゃんスゴイ！　スゴイよ！」

「ゆのさん、喜ばないでください。まだ一度も成功したことがないんです」

しおりちゃんはそう言うと、くやしそうに表情をゆがめる。

「ですから方法はありますが成功するかどうか……」

「雨はどのくらい止められるものなの？」

「成功すれば――1時間は晴れます」

1時間。今まで成功したことはなし。

「すみません。私は魔女なのに力不足で……」

涙《なみだ》を流すしおりちゃんの両肩をガシッとつかんだ。

「泣かないで。あたし、しおりちゃんを信じたい。お願いしてもいいかな」

「ゆのさん。――ですが」

しおりちゃんはビックリしたような顔をする。

「今までは絶対にやってやるって気持ちがなかったからできなかったんじゃねーか」

「アンタの『パーティー』とゆのにかける想《おも》いがあれば、成功するわよ！」

「1時間――飛行機なら間に合うな。どこか動いてる便が残ってないか探してくる」

「皆《みな》さん……ありがとうございます。――必ず成功させてみせます」

しおりちゃんは力強い声でそう言ったのだった。

「――よし！　全員で、飛行機飛ばすぞ！」

王子の言葉に、全員がいっせいに動き出したのだった。

# 30 準備はOK！

外はごうごうと風が音を響《ひび》かせ、激しい雨が降り続いてる。

みんなが飛行機を探している中、あたしは持てるだけの雑誌を抱《かか》え、そっと準備をしていた。

勇気をもって外へ出ると、ものすごい雨と風にあおられる。

「ギャー！」

あっという間にビチョビチョだ。

「あははは！　ゆのちゃんはやっぱりこうでなきゃ」

笑い声の方を見ると、おもしろいものを眺《なが》めるように笑《え》みを浮《う》かべたトウマ先輩《せんぱい》が立っていた。

「水にぬれてぼろ雑巾《ぞうきん》みたいになってろってことですか⁉」

「ぼろ雑巾になってる方が楽しそうだけど？」

「え？」

「本当のゆのちゃんはピンチを楽しめる女の子だと思うけど」

「楽しくないですよ！」

……と言いながらも、トウマ先輩の言う通り少しだけワクワクしている自分がいる。

そして今こうしてトウマ先輩と向き合うと、あたしの中では打ち上げの時に感じたある疑念が、確信に変わった。

――『パーティー』復刊のチャンスをくれたのは、トウマ先輩なんじゃないかな。

「トウマ先輩が、あたしにチャンスをくれたんですね」

「あーあ。バレちゃったか。ゆのちゃんってヘンなとこで勘《かん》がいいよね」

トウマ先輩はそう言うと、にっこりとほほ笑む。

「トウマ先輩……本当にありがとうございました」

あたしは心からの感謝をこめ、トウマ先輩に頭を下げた。

「頭なんか下げないでよ。これは僕のためでもあるんだから」

「へ？」

「僕はね。ワクワク目を輝《かがや》かしてるゆのちゃんが好きなんだよ」

トウマ先輩のまっすぐな言葉に、あたしはしばし声を失う。

「だからずっと僕が好きなゆのちゃんでいてね」

「トウマ先輩……あたし、先輩のこと好きですよ」

そう告げると、トウマ先輩はこっちがギョッとするくらい赤くなる。

「はあ⁉　まさかのリップサービス？」

「ちがいます。本気の本気です。あたしにとってトウマ先輩は、初めて見つけて初めて担当した特別な作家さんだから！」

「ゆのちゃん……」

「編集者って仕事は大変だけど、２つのことが大好きすぎてやめられなくなっちゃう仕事だと思うんです」

「２つのこと？」

トウマ先輩に聞き返され、あたしは「はい」とうなずく。

「１つ目は読者に『面白《おもしろ》い』って思ってもらえる本を届けられること。２つ目は自分が大好きな作家さんの一番初めの読者になれるってこと。この２つの楽しさと大変さを最初に教えてくれたのはトウマ先輩だから。あたしにとって特別大事な――わっ」

いきなりトウマ先輩に抱《だ》きよせられて、あたしは思わず声が出る。

放してくださいと言おうと顔を上げると、ビックリするくらいトウマ先輩の顔が赤くなっていて。

あたしはビックリしつつもマジマジとトウマ先輩の顔を見た。

「ちょっと……見ないでくれる？」

「だってトウマ先輩の顔が赤いから……」

「あああああっ。もうヤダな。なんでこんなに嬉《うれ》しいんだよ――くそっ」

トウマ先輩らしからぬ言葉に、あたしはクスクスと笑う。

「――今、笑ったでしょ」

「わ……らってませんよ？」

「目が泳いでるけど？」

「わあああああああっ。近い！　顔を近づけないでください！」

「僕のこんな顔見たんだもの。恥《は》ずかしがるゆのちゃんの特別かわいい顔も見せてもらわないとなあ」

ギャー！　目がマジだ！

「キスしていい？」

「ダメです」

「えー。仕方ないな。唇《くちびる》は我慢《がまん》するか」

ほっとしつつも、今『唇は』って仰《おっしゃ》いました⁉

「まぶたとホッペ、どっち がいい？」

「どどっどどどっど、どっちもダメです！」

「えー。じゃあ……首筋とか？」

「トウマ先輩っ。絶対にあたしのことからかってますよね⁉」

「うん♡」

そう言うと満足そうな顔であたしの瞳《ひとみ》を覗《のぞ》き込む。

「でもキスくらいしてもらわないと。ジェット代も必要だしさ」

「へ」

トウマ先輩の指さす方を見ると、雨に打たれるジェット機の機体が見える。

「もう準備は万全《ばんぜん》。だけどタダ乗りさせるわけにはいかないし。

どうしよっか?」

トウマ先輩は首をかしげながら、甘い声でそうささやく。

「緊急事態《きんきゅうじたい》だし。キスしても王子君だってわかってくれるんじゃない?」

王子の名前を出されてドキリとするが、あたしはトウマ先輩に向かってキッパリと口を開いた。

「王子がどう思うかは関係ない。あたしがちがうって思うからしないんです。それに誰《だれ》がタダ乗りするって言いました? トウマ先輩にはキスなんかよりもっとすごいものをお見せしますよ!」

それを聞いたトウマ先輩は、興味がわいたというように目を輝かせる。

「それって何?」

「それは——ついてからのお楽しみです。あ! 見てください! 雲が消えていく」

しおりちゃんのパワーで、空が晴れてきた。

あたしたち編集部のみんなは雑誌を積んで、イベント会場まで一直線に飛んだのだった。

# 31 奇《き》跡《せき》は起こすもの!?

奇跡的に雨がやみ、あたしたちは無事に雑誌を届けることができた。

そしてついにイベントがはじまった！

「それでは。雨がうそみたいにやんだのは、魔女《まじょ》のおかげらしく……。本日、『パーティー』が創刊です！」

わあああああっ！　と盛り上がる声と拍手《はくしゅ》がわきおこる。

「もしかして……ゆのちゃんが見せたかったのってこれ？」

「はいっ」

あたしがトウマ先輩《せんぱい》に見せたかったのは、雑誌を手にしたたくさんの読者さんたち。

みんなが創刊したての『パーティー』を手に持ってくれている。

「こんなにたくさんのリアルの読者さんを見られる機会なんてなかなかないですよ！」

今まで本っっっ当に大変だったけど、疲《つか》れが全部吹《ふ》き飛んじゃうよ！

「なるほどね。たしかに——いい眺《なが》めだ」

「ですよね！」

「まあ。僕としてはゆのちゃんのその笑顔《えがお》が一番ではあるんだけどね」

「へ？」

トウマ先輩の声が小さすぎてよく聞こえず、あたしはもう一度聞き返す。

「何でもない！　ほら集中！」

「はいっ」

みんなで作りあげたものをたくさんの人に読んでもらえる。

くーっ、やっぱり編集者ってすごくカッコイイ仕事だ。

作家さんも素敵《すてき》だなって思うけれど、あたしはやっぱり『編集者』って仕事が一番好き！

「――それでは。編集長にご挨拶《あいさつ》してもらいまーす」

うえええええええっ。あたし⁉

イベントの最中、司会者にいきなり呼ばれ、あたしは緊張《きんちょう》しながらマイクを手に取った。

「あの。今日はお集まり頂きありがとうございます」

「いいぞ、ヘッポコ編集長！」「面白《おもしろ》かったぞー！」「復刊おめでとう！」

へ……ヘッポコ編集長⁉

温かい激励《げきれい》の言葉と一緒《いっしょ》に、なーんかビミョウな言葉が聞こえたのは気のせいじゃないよね⁉

「あたしは子どもの頃《ころ》から『パーティー』が大好きで、編集者になりたいって思ってました。だからこうして復刊に携《たずさ》わることができて本当に嬉《うれ》しいです。天気の悪い中、集まってくださり、本当にありがとうございました！」

あたしはそう言うと、ペコリと頭を下げる。

「この雑誌は、最高の仲間たちと作りました。紹介《しょうかい》してもいいですか？」

拍手に後押しされるように、編集部のみんなも壇上《だんじょう》に登ってくる。

「紹介します。副編集長の銀野《ぎんの》しおりちゃん。あたしの大親友です！」

しおりちゃんはビックリしたような顔でこちらを見たあと、

「ゆのさん、それはちがいます。私はゆのさんの大大大親友です」

しおりちゃんの答えに、わー！　と大歓声《だいかんせい》が起きる。（その中に号泣《ごうきゅう》する使い魔さんたちがいたのをあたしは見逃《みのが》してないけどね！）

「次は、紫村《しむら》カレンさん。最初にこの雑誌の復刊のために動いてくれたのがカレンさんです。本当に最高にカッコ良くて可愛《かわい》い大好きな人です！」

「いつもミス担当はゆのなのに、今回はあたしが大ポカをやらかしてもうダメかと思ったけど……。ゆのや仲間たちが支えてくれました。最高の雑誌、読んでください！」

拍手とともに声援《せいえん》が飛び交《か》う。

「次は赤松《あかまつ》エンマ。ＳＮＳのメイン担当をしてくれました。実はＳＮＳが荒《あ》れなかったのって……エンマのおかげだよね？」

「なっ。知ってたのかよ？」

エンマは心底驚《おどろ》いたようにこちらを見る。

「小春《こはる》さんが言ってたもん。こんなにアンチコメントがないのはおかしいって」

「まーな。情報通のオレサマにかかれば、逆探知して倍返しだからな。けけけ。『パーティー』にケンカ売る時は気をつけろよ」

エンマの言葉に「キャー！」と一部の女の子の声援とともに、ひっと顔を引きつらせる人たちがちらほら見えた。

「そして黒崎《くろさき》旺司《おうじ》。しばらくとんずらしてましたが、最後は進行担当としてガッツリ馬車馬のように働いてくれました！」

「——馬車馬って言うな」

王子が心底嫌《いや》そうにつぶやくと、ドッと笑いが起こった。

「そして最後に。SNSなどで応援してくださったり、企画《きかく》に参加してくださったり……。みなさん本当にありがとうございました。だけどこうして実際に会うのってやっぱり一番幸せだなーって思って。そ・こ・で……今思いついちゃったんですけど、ヤミねこ先生、言っていいでしょうか⁉」

あたしがそう叫《さけ》ぶと、ヤミねこ先生は苦笑いしながらこちらを見る。

「いいよ。僕は今、最高に気分がいいから。言っちゃって」

「今回交通トラブルでまだ来られない人もいると思うので、イベントは今日1日じゃなくて、もう少しやれませんか？　ヤミねこ先生、しばらく滞在されちゃったりとか」

「はあああああっ？」

ヤミねこ先生はギョッとした顔する。でもあたし、本当は知ってるんだ。

ヤミねこ先生は、本当はもう少し地元にいたいって。

「仕方ないなー。ここはいいところだからね。取材がてらしばらく滞在するから、雑誌持って遊びにきてね」

わー！　と会場が盛り上がる瞬間《しゅんかん》、ヒュルルと音を立てて花火がバンバンあがる。

**「こ……これは!!」**

「僕からの創刊と編集者復帰のお祝いかな」

「花火なんてどうやって手配したんですか？」

「そりゃあ、うちの執事《しつじ》のセバスチャンがパパッとね☆」

セバスチャンさん、さすが執事の鑑《かがみ》です！

あたしは心の中でセバスチャンさんに手を合わせる。

「トウマ先輩。ありがとうございます。気分も最高潮って感じだと思うので、次の原稿《げんこう》って来週には
プロット頂けますか」

「——えっ。今その話する⁉」

「今話さないと、トウマ先輩はとんずらしちゃいますよね⁉」

だから今一緒にいるうちに、次のスケジュールの打ち合わせをしなきゃなんだから！

「——それは。もう一度夢に向かって頑張《がんば》るってことでいいんだよね」

「はいっ」

言葉にするのは勇気がいることだったけど、あたしはトウマ先輩に向かってキッパリとうなずいた。

「ずっとやりたかった将来の夢が向いていないってわかった時、この先どうしたらいいんだろうって
思いました。だって……そんなこと夢にも思わなかったから」

あの時の失敗を思い返し、ギュッとあたしは拳《こぶし》を握《にぎ》りしめる。

**「だけど……。一度失敗しただけであきらめなくて良かった」**

それは今回うまくいったから言ってるんじゃないよ。

逃《に》げた記憶《きおく》になるとずっと苦しい。だけど、いまは自分の中でやりきったって思えるまでやってよかったと思えるから。

「日本人ってさ。もともと挑戦《ちょうせん》する人が少ない民族なんだよ。しかも失敗してもう1回やろうって思えるのはすごく勇気が必要なことだって思う」

トウマ先輩はまじめな顔でそう言ってから、目を細める。

「だけど、それを乗り越《こ》えて挑戦するゆのちゃんが、僕は大好きだよ」

「トウマ先輩……男前すぎます」

「でしょ！　いないよ、こんなにカッコいい奴《やつ》」

トウマ先輩はそう言ってウインク。

「あたしも必ずトウマ先輩の役に立ちますから」

「――言ったね」

「へ？」

「いいこと聞いちゃった♪」

あ……あれ？　あたし……もしかしてとんでもない約束しちゃった⁉

そう思ってみたが時すでに遅《おそ》しな気がするのは、きっと勘違《かんちが》いだと思いたい！

「ゆのちゃんが編集者をしている間は、僕も原稿をやろうかな。そしたら僕らの関係って終わらないでしょ？」

「はいっ。一生地の果てまでもおいかけますから！　覚悟《かくご》してください！」

グッと拳を握りしめてそう言うと。

「――一生か。そんなプロポーズみたいなこと言われると、ますます離《はな》せなくなっちゃうなぁ」

「え？　トウマ先輩なにか仰《おっしゃ》いました」

「知らなくていいよ。こっちの話」

「ゆのーっ！　ちょっと早くこっちに来て！　急きょブースを作ってもらってさ。島の人には少し早くここで雑誌を売れることになったよ」

わー！　読者さんに自分の手で届けられるなんて夢みたい！

「わかった！　今行くーっ！」

あたしは今日一番大きい声でそう叫んだのだった。

# エピローグ

あれから『パーティー』は無事に全国で発売されたんだけど――。

「えーっと。今日はなんでいつもより立派な部屋に呼ばれてるのかな？」

「編集長のページでものすごいミスが見つかったんじゃねーの？」

「ものすごいミスとは……回収レベルですか？」

ひいいいっ。エンマもしおりちゃんも！　こんな時にオソロシイ冗談《じょうだん》言わないでえ――っ！

「ゆの。今、冗談を言うなって思っただろ？　でもこんな部屋に通されるなんて初めてだ。あながち冗談じゃないかもな」

「ゆの、アンタ今から土下座しとけば？」

ううっ。王子とカレンさんまで！　言霊《ことだま》になったらどうするのさ！

そう思いながらも、本気で土下座しておこうかと思った瞬間《しゅんかん》、ガチャリと扉《とびら》が開いた。

「宝《たから》井《い》元編集長！　それに小春《こはる》さん！」

「お待たせ。急に呼び出して悪かったね」

くーっ。王子ともども親子そろって完璧《かんぺき》なポーカーフェイス！　全然感情が読めない！

「――こんな豪勢《ごうせい》な部屋に呼びつけるってことは、いいことなんですよね？」

「ま、だろうな」

王子の言葉にエンマだけでなく、しおりちゃんとカレンさんもうなずいている。

「えええっ。しおりちゃんもカレンさんもそう思ってたの!?」

さっきまであんなに脅《おど》してたじゃん！　不安でいっぱいだったあたしの時間を返して——！

「ごほうびと言えばごほうびかな。雑誌では異例の重版がかかることになったしね」

宝井元編集長の言葉を聞き、わっとあたしたちは手を取り合う。

「発売後もSNSが大いに盛り上がっているから、まだまだ売って売って売りまくるわよ！」

鼻息の荒《あら》い小春さんの目は、ギラギラと$マークになっていらっしゃる。

「さっそくだけど、正式に第2号を発売したいと思ってね。ぜひ次も君たちに作ってもらいたい」

「あたしたちが……また作っていいんですか？」

「当たり前だろう。次は今回よりも過酷《かこく》になるだろうけどね。さて、どうする？」

宝井元編集長はいたずらっ子のようにウィンクした。

「——ゆのはこれが最後の雑誌作りって思ってるようだけど。断るしかないのかな」

王子は腕組《うでぐ》みしながら、視線をあたしに投げかける。

「ゆのさん、そうなんですか!?——残念です」

確かにあたしは、今回が最後の雑誌作りのつもりで引き受けたんだった。

「せっかくSNSでえぐい情報も集まってるのに。残念だぜ」

「心から残念だけど、仕方ないわね。もうこうなったら、あたしたちだけで——」

「わ――――――――――！　お待ちくださいいいいいいいいい！」

あたしは今日一番の声をあげ、その場でバッと土下座した。

「あたしはやっぱり『パーティー』が好き！　みんなのことはもちろん大好きだけど、雑誌を作ってる時のみんなといるのが一番好き！　本や本に関《かか》わる人たちと、一生一緒《いっしょ》に生きていきたい！」

嬉《うれ》しいことや楽しいことだけじゃない。つらいことも悲しいことも、全部、全部この仕事から感じていきたい。

あたしはずっとお守りにしていた虹色《にじいろ》の万年筆を、そっとポケットの中で握《にぎ》りしめた。

夢を夢のままなんかで終らせてやるもんか。

**「あたし――絶対に編集者になる。だから次の『パーティー』もみんなと一緒に作らせてください」**

一息でそう言い切ってから、おそるおそる顔をあげると――。

満面の笑《え》みでピースをするみんなの姿と、腕組《うでぐ》みしながらうなずく宝井元編集長の姿があった。

「――**おかえり**」

王子はそう言うと、あたしに手を差し出し引き上げる。

「わっと」

引かれた腕の力が強すぎて、あたしは王子の胸に倒《たお》れ込んだ。

「ご、ごめん！」

「――大丈夫《だいじょうぶ》。わざとだから」

王子はあたしの耳元でそうささやくと、そっとあたしの手を取った。

「すみません。今から俺たちデートなので抜《ぬ》けます」

はあっ⁉　王子ってば、何言っちゃってるの――――っ！（動揺《どうよう》）

「スミマセン！　30分で戻《もど》ってきます！」

「30分⁉　短かすぎる。就職する前から社畜精神全開じゃなくていいだろ！」

ギャー！　働きまくる自由もあるってことで！

あたしたちはペコリと皆《みんな》に頭を下げたあと、手をつないだままで走りだす。


「ねえ、屋上行かない？　一緒に見たいものがあるの」

「一緒に見たいもの？　それって何だよ」

「ヒミツ。でも今日は空がきれいだし、絶対に素敵《すてき》だよ！」

そう言いながらポケットの中の虹色の万年筆にそっとふれた。

澄《す》み切った青い空に、虹色の万年筆が夢をかなえる架《か》け橋のようにきらめくところを思い描《えが》く。

王子とそれを見上げる少し先の未来を想像するだけで、胸の高鳴りが止まらなくなるのだった。


【了】

# あとがき

こんにちは――っ。深海《ふかみ》ゆずはです！　お久しぶりですが、元気にしてた⁉

「あなた」に会うため、『こちパっ！』のメンバーが帰ってきたよ！（パチパチパチ）

私もしばらく見ないうちにちょっと大人になっていたゆのたちに会えて、とーっても幸せでした☆

しばらくと言えば……学生時代の友達って不思議で超《ちょう》貴重！　お互いの環境や趣味がかわり、何十年も会えていなかったとしても、再会した瞬間《しゅんかん》、あっという間に、当時の自分たちに戻《もど》れちゃう。それって本当に奇跡《きせき》みたいなことだなぁって思う出来事がありました。

角川つばさ文庫時代から読んでくれていた「あなた」にとって、ゆのたちがそんな昔からの懐かしくて親しい友達でいられたら嬉《うれ》しいな。もちろん今日「はじめまして」の方とも、そんな関係になれたら嬉しいので、ぜひとも我らを「あなた」の仲間に入れてくださいませーっ！（土下座）

つばさ文庫で『こちパっ！』を読んでくれていた「あなた」は、何歳になりましたか？　え、私？

私は時を止めたので年はとらんのだ！←痛い人度ＭＡＸ⁉

お姉さんになったゆのたちは悩みや性格も少しずつ変わっていて、そこに驚いたり戸惑ったり。でも、今の「あなた」とも近いのかなぁって思うと、より「あなた」を近く感じました。

むかし読んだ本に「将来の夢をあきらめた時期」を調べたアンケートがあったんですが、学校を卒業して進路を決める時が一番多いんだって。だけど早くあきらめすぎると、その後ずっと後悔しちゃうってありました。私は作家も編集も一回あきらめて再チャレンジした身なので、チャレンジに『遅すぎる』って事は絶対にないって断言できます。今やっている事がめぐりめぐって「夢」につながる事もあるから。宣言しつつ焦らずしたたかに夢を摑んで欲しいな☆（ただし戦略は超大事よー！）

それでは恒例《こうれい》のお礼コーナーを！　つばさ文庫に続き超絶カワイイ&カッコいい大人になったゆのたちに出会わせてくださった榎木《えのき》先生（神様――!!）、熱量と愛情いっぱいで支えてくださった担当のDさま。作品をつないでくださった歴代担当者さま！　つばさ文庫&関係各所の皆《みな》さま、選考委員の先生方にも、心からお礼を申し上げます。家族、友達、天国に旅立った愛犬にも感謝です！

そして最大級のお礼はこの本を読んでくださっている「あなた」へ！　デビュー作として10年前に書いた『こちパっ！』の続きを単行本として出せたのは、まちがいなく「あなた」のおかげです!!

10年間、作家になってから嬉しかったことはずっと同じ。「あなた」に出会えたことでした。私たちと出会ってくれて、本当にありがとう！

リアル世界では、いろいろ大変なこともあると思うけれど、我らはずっと味方だからね！　まだまだヘナチョコですが、楽しんでもらえるような物語を届けられるよう、精進《しょうじん》します。

それでは。また本の世界で「あなた」にお会いできるのを楽しみにしています。大大大大大大大大好きだよ――――――っ！ラブ！×無限大！

深海ゆずは

【公式ホームページ】http://fukamiyuzuha.jp

# パーティー編《へん》集《しゅう》部《ぶ》☆編《へん》集《しゅう》講《こう》座《ざ》

## 雑誌ができるまで

編集部のみんなと
一緒にチェック
していくよ〜〜！

### ①台《だい》割《わり》会《かい》議《ぎ》

「台割」とは雑誌の設計図のようなもの。企画をみんなで持ち寄って
どの企画を何ページ作るか決めたりするよ！

今回の台割は、カバーの裏
に隠れてるから要チェックだ

### ②打《う》ち合《あ》わせ・制《せい》作《さく》

お話にも出てきたデザイナーさんや、雑誌の原稿を書いてくれる
ライターさんと具体的にどんなページにするか打ち合わせをするよ！

ライターさんにもキャッチコピーを考える「コピーラ
イター」さんや、取材したものを書く「ルポライター」
さんなど色んなライターさんがいらっしゃるそうです

### ③校《こう》正《せい》紙《し》チェック

ページの原稿やデザインがまとまったら、印刷所さんに紙に印刷してページ単位で
出してもらうよ！ 出てきたものは「校正紙」と呼ばれていて、
間違いがないか細かくチェックしていくんだ！ 今回は特に灰塚先輩が
くまなくチェックしてくれたよ。
大感謝です……！

まとまったデータを印刷所に
渡すことを「入稿」というぞ

### ④校《こう》了《りょう》

校正紙を全てチェックして問題がなければ、いよいよ「校了」！
ページが出来上がるよ。全ページを校了したら、印刷所さんが
雑誌の印刷を始めてくれるの！

今回の校了は過去最大レベルで
修羅場だったわね…

## 編集用語もチェック！

### プロット（P226）

物語の大まかな流れ・方向性を決めるために作るものだよ！

プロットがあると、そのあとのネームや執筆作業の時に迷わず進められることが多いよ！（小説を執筆するときも、プロットを作って進めるよ！）

ってワケで、トウマ先輩！ プロットまだですか!?

ぼ、僕は今から海外でお仕事だから…!! アデュー☆！

### ネーム

マンガのコマ割りや構図、キャラの配置などプロットよりもくわしいお話の流れを描いたもの！ 右の図のようなものだよ。

### 原《げん》稿《こう》が落《お》ちる（P17など）

原稿の制作が遅れて雑誌に掲載されなくなってしまうことをいうよ。ギャー怖い！！！

ギャ――怖い!! 今回、無事校了できてよかったよ……

### 重《じゅう》版《はん》（P230）

本がたくさん売れた時に、お店で買えなくならないように印刷することだよ！　今回の『パーティー』も重版がかかってよかったよー（涙）

編集用語や校正用語はほかにもたくさんあるから、みんなも調べてみてくれ

**深海ゆずは先生へのお便りはこちらまで！**
〒102-8177 東京都千代田区富士見 2-13-3
角川つばさ文庫編集部

## 編《へん》集《しゅう》後《こう》記《き》 こちパ倶《く》楽《ら》部《ぶ》

ひなこ「ゆのちゃん、『パーティー』発売おめでとう。全然知らなかったぁ」
ゆの「あ……ありがとう。なんかトゲがあるのは気のせいでしょうか!?」
エンマ「気のせいじゃないだろ、絶対」
ミヤ「あたしだって出番があるかと……ギャーッ!! 誰コイツ!!?」
まつり「あああっ、美の女神様がいらっしゃるなら、『ジョーカー』のページは全部あげたのに！」
真織《まおり》「私なんか電話会議の時にもいたのに、完全にスルーだったわよ」
ゆの「ええっ、王子《おうじ》は気づいてた？」
王子「まあ。そりゃあ……」
トウマ「さすが！ 元彼女だもんね！」
ゆの「そう言えば……過去の記憶が……」
王子「トウマ先輩、紛らわしいチャチャを入れないでください……って、銀野《ぎんの》。思い出し呪いは勘弁してくれ」
ゆのママ「まったく親不孝な娘よねぇ。ハルと話してるヒマがあったら、あたしの仕事場に来ればいいのに」
ハルちゃん「先生にその時間は1秒だってなかったです！」
ゆの「美馬瀬《みませ》さんやあやのさん、先生達からも連絡が来てたよー！ 皆元気そうで嬉しかった！」
カレン「まったくみんな自己主張が激しいんだから……って何笑ってるの」
しおり「いえ、カレンさんがそれを言うとはおもしろいなと思いまして」
カレン「キー！ まぁ、こうして雑誌ができたのは、あたしのおかげだってこと。みんな忘れないでよね」
ゆの「カレンさんのおかげだっけ？」
カレン「忘れたの？ うそでしょ!?」
ゆの「ギャー！ もちろん覚えてます。ごめんなさい！」
エンマ「これ来月には忘れてるやつだな」
しおり「私は今週に1票です」
ゆの「二人とも笑顔でヒドイ！」
王子「よ──くオマエの事をわかってくれている友達に感謝だな」
ハルちゃん「そう言えば、ジャマール王国からすさまじい数の注文が入ったって聞いたけど、あれって何だったの？」
王子「アシュラム様が国民全員に1冊ずつ配るとか言い出したんです」
ゆの「本当に凄いよね！ だけど王子、なんで止めちゃったの？」
王子「オマエ……気づかなかったのか？」
アシュラム「なに、支払いはすべて子ザルに頼むつもりだという事だ」
ゆの「はあああああああっ!?」
アシュラム「これで絆が永遠に続く。どれ今からもう一度掛け合うか」
ゆの「ギャー！ ご勘弁くださいいい」

まつりは「スイッチ！」シリーズ（作／深海ゆずは）の主人公！
くわしくはP239をチェック！

# 新《しん》こちらパーティー編集《へんしゅう》部《ぶ》っ！
## ひよっこ編集長《へんしゅうちょう》ふたたび！

2025年２月13日　初版発行

作／深海《ふかみ》ゆずは

絵／榎木《えのき》りか

発行者／山下直久

発行／株式会社KADOKAWA
〒102-8177　東京都千代田区富士見2-13-3
電話 0570-002-301（ナビダイヤル）

印刷所／株式会社KADOKAWA

製本所／株式会社KADOKAWA



●お問い合わせ
https://www.kadokawa.co.jp/（「お問い合わせ」へお進みください）
※内容によっては、お答えできない場合があります。
※サポートは日本国内のみとさせていただきます。
※Japanese text only

定価はカバーに表示してあります。


ISBN 978-4-04-115120-4　C8093

◆◇◇